KB017228

사라진 책들

Storie di libri perduti

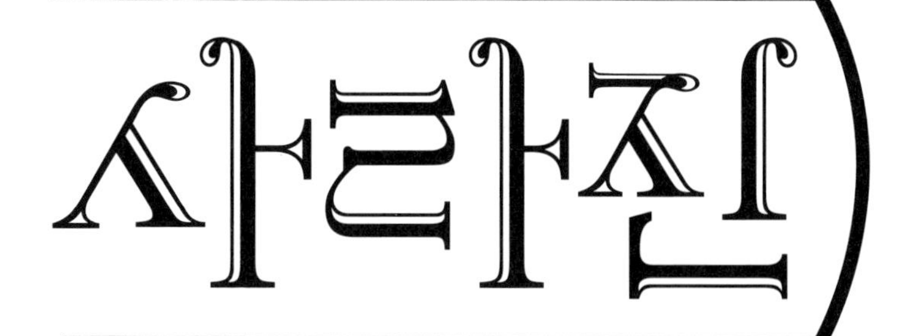

어느 누구도
영원히 읽지 못할
그 작품

Storie di libri perduti

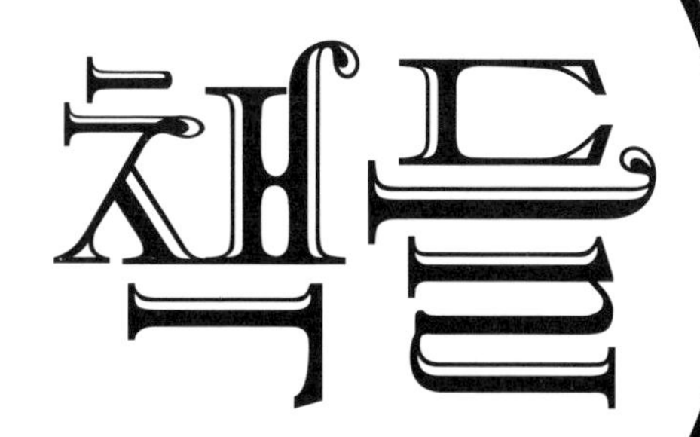

조르지오 반 스트라텐
지음

노상미
옮김

musintree
뮤진트리

▪ 일러두기

- 이 책은 Giorgio van Straten의 《Storie di libri perduti》(Editori Laterza, 2016)의 영어판인 《In Search of Lost Books》(Pushkin Press, 2017)를 우리말로 옮긴 것이다.
- 본문에 나오는 책 제목은 원 제목을 번역 표기하는 것을 원칙으로 하되, 국내에 출간된 작품은 그 제목을 따랐다.
- 옮긴이의 주는 괄호 안에 줄표를 두어 표기했다.
- 장편 제목은《 》로, 잡지·시·단편 제목은 〈 〉로 표기했다.

차례

서문

불가능의 위험

이것은 골드러시 때 금맥이 있다고 했던 광산들만큼이나 전설적인 잃어버린 책 여덟 권의 흔적을 찾아 나선 나의 여정이다. 그런 광산을 찾는 사람은 그것이 정말 존재한다고, 그리고 자신이 그것을 발견할 거라고 확신한다. 실제로는 그런 광산이 존재한다는 확실한 증거도, 그곳으로 안내해주는 믿을 만한 지도를 가진 사람도 없건만. 이 경우에도 단서는 허술하며, 그 책들을 찾을 거라는 희망은 거의 없다. 그래도 한번 해볼 만한 여행이다.

잃어버린 책이란 한때 존재했으나 더이상 존재하지 않

는 책들이다.

그 책들은 대다수 다른 작품들처럼 읽은 사람들의 기억에서 차츰 희미해지고 문학사에서 제외되다가 저자의 존재와 더불어 사라지는 망각된 책들이 아니다. 이런 책들은 언제든 어느 도서관의 후미진 구석에서 발견되거나 호기심 많은 출판업자가 다시 출판할 수 있다. 어쩌면 그 존재에 대해 아는 사람이 하나도 없을 수도 있다. 그래도 그 책들은 존재한다.

또한 그 책들은 태어나지 않은 책들이 아니다. 다시 말해 누군가가 구상하고 기대하고 꿈꾸었으나 이런저런 연유로 쓰지 못한 책들이 아닌 것이다. 그러한 경우 우리는 결핍, 채울 수 없는 어떤 공백과 대면하게 된다. 그러나 그것은 실제로 물질화되지는 않은, 생각으로만 존재했던 작품이 만들어낸 결핍이고 공백이다.

내가 말하는 잃어버린 책이란, 완성까지는 이르지 못했지만 작가가 실제로 쓴 책이다. 즉 누군가 보거나 읽어본 적도 있지만 그 뒤에 파괴되었거나 흔적도 없이 사라진 책들이다.

그 책들이 사라지게 된 요인은 매우 다양하다. 도저히

다다를 길 없는 완벽함을 추구하는 과정에서 저자의 불만족이라는 단두대의 이슬로 사라졌을 수도 있다. 물론 저자가 그토록 만족하지 못했다면 우리 역시 만족하지 못했을 거라고 말할 수도 있다. 그리고 만일 현대의 어떤 작가들이 자신의 작품에 그 정도의 불만을 느낀다면 우리 모두가 그 혜택을 누리지 않겠느냐고 말할 수도 있으리라. 그러나 다른 한편으로 생각하면 우리는 누군가가 용감하게 저자의 파괴 의지에 맞서 구해낸 책들을 읽고 있으니, 저자의 의도가 존중되지 않은 것이 우리로서는 얼마나 다행인지 즉각 깨닫게 된다. 가장 유명한 예가 카프카의 작품들이다.

상황적·역사적 요인이 그런 공백을 창출한 경우도 있다. 무엇보다 전장戰場과 후방後方, 병사와 시민을 가리지 않고 모든 곳에서 전투가 벌어지던 기간에. 앞으로 보게 되겠지만, 2차 세계대전 동안 미출간 원고를 지키려는 노력들의 결과가 늘 좋았던 것은 아니다.

또 다른 경우 자기 검열을 포함해 검열이 개입되기도 했다. 관련된 책들이 불미스럽고 위험해 보였기 때문인데, 19세기, 심지어 20세기에도 유럽의 몇몇 나라들에서는 동성애가 법으로 엄히 다스려지는 범죄였으니, 반드시 비유적 의미만은 아니다.

부주의나 건망증으로 인해 화재가 발생하거나 도난을 당해서(멋모르고 훔친 도둑에게는 아무런 이득도 없었을 것이다. 어쨌거나 이미 사용한 종이들을 어디에 쓰겠는가?) 책들이 사라지기도 했다. 그 경우 수년간의 작업이 물거품이 되어 저자는 처음부터 다시 시작해야만 했다. 그럴 의지가 있고 그 일에 필요한 에너지를 끌어모을 수 있는 경우에 말이다.

다음으로 상속인과 유언 집행자가 일부러 없앤 경우도 있다. 특히 저자가 죽은 뒤 그 배우자가 자신이나 자녀를 보호하기 위해, 혹은 미출간 작품뿐 아니라 불완전한 작품으로부터 아내나 남편의 명예를 지키기 위해. 그것도 아니면 작품 속에 식별 가능하게 그려진 생존 인물을 보호하기 위해.

앞으로 내가 이야기할 여덟 가지 사례는 모두 책을 사라지게 하는 이런 요인의 실례들이다. 하지만 결론은 항상 동일하다. 찾고자 했던 책을 영원히 잃어버린 것 같다는 것이다. 장차 어딘가에서 누군가가 …할 가능성은 늘 존재하지만.

잃어버린 책에 대한 이야기를 들을 때마다 나는 어릴 적 비밀의 정원이나 신비한 케이블카 또는 버려진 성城에 관한 이야기를 읽을 때 나를 사로잡던 것과 같은 기분을 느꼈다. 거기서 모험을 떠날 기회를 보았고, 우리를 피해 달아나는 것에 대한 매혹을 느꼈다. 그리고 그 미스터리를 푸는 영웅이 될 거라는 희망도.

그런 이야기책에서는 책이 끝날 때쯤 되면 늘 해답이 나오곤 했다. 책의 저자가 제시한 해답이지만 어린 나에게는 마치 나의 집중된 관심에서, 나의 상상력에서 나온 것만 같았다.

우리가 잃어버린 이 여덟 권의 책 가운데 나는 단 한 권도 찾지 못했다. 적어도 '찾다'라는 말의 통상적 의미에서는. 1장에 나오는 책의 경우에만 그 책을 잃어버리기 전 거기에 실린 작품들 가운데 하나를 읽을 수 있는 위치에 있었을 뿐이다. 그때도 나중에 그 책이 파괴되는 것을 막지는 못했다.

어쩌면 바로 이 경험 때문에 잃어버린 다른 책들의 단

서를 좇기로, 그리고 그것이 무슨 모험이라도 되는 양 그 책들에 대한 이야기를 하기로 마음먹었는지도 모른다. 처음에는 라디오 방송 시리즈의 일환으로 이 일을 시작했고, 그 책과 작가들에 대해 나만큼이나 열정적인 친구들의 도움을 받았다.

우리는 책들이 사라지게 된 경로를 함께 탐색했으며, 일부라도 남은 것이 있으면, 그래서 계속 읽을 수가 있으면 그것으로 위안을 삼았다.

나중에 나는 혼자서 같은 길을 다시 되짚어보기로 했다. 우리가 행복했던 때의 느낌을 되찾기를 바라며 그 때의 장소를 다시 찾듯이. 또한 실수로 간과한 어떤 단서가 실제로 거기서 있었던 일에 새로운 통찰을 던져줄 수도 있지 않을까 해서. 물론 나는 줄곧 어둠 속에서 비틀거렸다. 그렇지만 혼자 여행을 하다 보면 흔히 그렇듯, 다른 사람들과 함께 다닐 때는 보지 못했던 것들을 진짜로 보았다.

사라진 책들에는 각기 고유한 사연이 있다. 그리고 그 책들 사이에 특별한 연관성을 만들어주는 세부사항들도 있다. 가령 이탈리아 작가 로마노 빌렌치Romano Bilenchi

와 실비아 플라스Sylvia Plath에게는 그들의 사라진 책이 미완성 소설이라는 점과 배우자가 저자의 이름으로 치명적 선택을 했다는 공통점이 있다. 발터 벤야민Walter Benjamin과 브루노 슐츠Bruno Schulz는 같은 해에 태어났다는 것과 유대인이라는 것, 그리고 2차 세계대전 중 자신의 책들과 함께 종적을 감췄다는 공통점이 있다. 니콜라이 고골Nikolai Gogol과 맬컴 라우리Malcolm Lowry는 그들 나름의 신곡(神曲, Divine Comedy)을 쓰려 했으나 실패했다는 공통점이 있다. 그러나 심란하게도 규칙적으로 가장 자주 반복되는 것은 화재이다. 이 책에서 이야기하는 사라진 작품들 대부분이 불에 타서 없어졌다는 사실은 책이 지닌 본질적 취약성을 상기시킨다. 이 책에서는 인간이 쓴 글을 보존할 수 있는 수단이 종이밖에 없던, 우리 시대 이전의 두 세기를 다루고 있기 때문이다. 그리고 다들 너무나 잘 알듯이 종이는 쉽게 불에 탄다.

반면 오늘날에는 책을 잃어버리기도 어렵다고, 많은 가상virtual 수단에 의지해 책을 보존할 수 있으니 책이 결정적으로 파괴될 위험은 없다고 볼 수 있다. 그런데 내 생각에 어떤 경우에는 바로 이런 비물질성이 옛날식 종이

만큼이나 위태로울 수 있을 듯하다. 단어들이 실린 배들, 누군가 알아보고 자신의 항구에 안전하게 받아들여주기를 희망하며 우리가 바닷물에 띄우는 그 배들이 우주 가장자리에 떠 있는 우주선처럼 점점 빠른 속도로 우리로부터 멀어지면서 무한한 공간 속으로 사라질 수도 있다고 보이는 것이다.

그러나 어쨌든 이러한 상실은 정말로 그냥 상실일 뿐일까?

얼마 전 책을 읽으면서 감명 받은 구절들을 적어놓은 나의 옛 노트를 우연히 발견했다. 거기에 프루스트의《잃어버린 시간을 찾아서》의 한 구절이 적혀 있었다.

> 우리는 특정한 사람에게 매력을 느낄 수 있다. 그러나 사랑으로 가는 길을 닦는 그 슬픔의 원천, 돌이킬 수 없을 듯한 느낌, 그 고뇌를 발산하려면 불가능의 위험이 있어야 한다. 어쩌면 우리의 열정이 그토록 애타게 끌어안고자 하는 것은 한 사람, 실제의 그 대상 이상일지도 모른다.

이 잃어버린 책들을 접할 때 우리 모두를 사로잡는 열정이 프루스트가 말한 애틋한 감정과 동일한 기원을 가진다면 어떨까? 그것이 충동과 멜랑콜리, 호기심과 매혹의 결합을 정당화하며, 한때 존재했으나 더이상 우리 손으로 붙잡을 수 없는 것을 생각할 때 생겨나는 바로 그 불가능의 위험이라면? 우리를 매혹시키는 것이 공백 그 자체일 수도 있을까? 사라진 것이 굉장히 중요하고 완전하며 세상에 다시없는 것일지도 모른다고 생각하면서 그 공백을 채우는 것이 가능하기 때문에?

또한 이런 책들은 우리의 상상력에 도전하고 다른 글을 쓰도록 자극하며, 우리 손으로 그 책들을 만질 수 없다는 사실이 우리의 열정을 더욱 부추긴다. 이런 잃어버린 책들 덕분에 새로운 책들, 더 많은 책들이 나왔다는 것은 결코 우연이 아니다.

그러나 이것이 다가 아니다. 이 외에도 뭔가 더 있다.

지난 세기 말 캐나다 작가 앤 마이클스Anne Michaels가 쓴《덧없는 시편들Fugitive Pieces》이라는 소설에 이런 구절이 나온다.

> 부재의 기억이 남아 있다면 부재란 존재하지 않는다. (…) 땅이 더이상 없어도 땅에 대한 기억이 있다면 지도를 만들 수 있다.

그러니 이 책은 나라는 개인의 지도, 한 권을 제외하고는 내가 읽어볼 수도 없었던, 이제는 존재하지 않는 책들에 대한 기억으로 만든 지도이다. 그리고 나는 지도를 그리고 있었으므로 이 책들을 어떤 순서로 이야기할지, 연대순으로 할지 알파벳순으로 할지, 아니면 독자를 위해 내적 연관성에 근거해 한 책에서 다른 책으로 넘어갈지 고민하다가, 결국 지리적 진행 방식을 취하기로 했다. 즉 80일간이 아니라 책 여덟 권으로 세계를 일주하는 여정을 그리기로 말이다. 먼저 개인적으로 내가 구해내지 못한 책부터 시작해, 나의 고향이자 그 책의 저자도 살았던 피렌체에서 출발해 런던으로 갔다가 필리아스 포그Phileas Fogg(쥘 베른의 소설 《80일간의 세계일주》의 주인공—옮긴이)처럼 프랑스와 폴란드, 러시아, 캐나다 그리고 스페인을 일주한 후 다시 런던으로 돌아갔다.

그 여정이 끝날 무렵, 나는 잃어버린 책에는 다른 책들에는 없는 뭔가가 있다는 사실을 알게 되었다. 그러니까 그런 책들은 읽지 않은 사람들에게 그 책들을 상상하고, 그 책들에 대해 이야기하고, 그 책들을 다시 지어낼 가능성을 유산처럼 남겨준다는 사실 말이다.

그 책들이 우리를 계속 피하며 우리가 잡으려고 할수록 더 멀리 달아난다면, 다른 한편으로 그 책들은 우리 안에서 다시 살아나게 된다. 그리하여 결국 프루스트의 시간처럼 우리는 그 책들을 찾았다고 말할 수 있다.

2010년 피렌체:

실제로 내가 읽은 (그러나 복사하지는 못한) 책

이것은 내가 직접 증언할 수 있는 잃어버린 책에 대한 이야기이다. 책이 파괴되기 전 읽어본 네댓 사람 중 한 명이 나였기 때문이다.

이제는 아무도 그 책을 읽지 못할 것이다. 그리고 운 좋게 그 책을 읽어본 몇 안 되는 사람들도, 기억이라는 것이 대개 그렇듯 세월이 흐르면서 점점 희미해지다가 결국은 사라져버릴 기억만을 간직할 것이다.

그러나 이 이야기는 처음부터 들어야 한다.

로마노 빌렌치가 죽은 지 25년이 넘었다. 당시 그는 오늘날처럼 널리 인정받지는 못했지만 20세기 이탈리아의 위대한 작가 가운데 한 사람이었다. 나는 개인적으로 로마노를 알았으며 그를 매우 좋아했다. 우리는 1980년대 초에 처음 만났는데, 그때 나는 토스카나에 있는 그람시 연구소Gramsci Institute를 위해 이탈리아 레지스탕스의 회고록 시리즈를 편찬하고 있었다. 그가 그 시리즈 중 한 권으로 자신의 파르티잔의 경험을 기술한 미출간 기록을 나에게 건넸고, 그 뒤로 나는 그를 계속 찾아갔다. 또 그를 설득해 미숙한 내 습작 소설들을 읽어보게 했으며 그의 격려에 힘입어 첫 단편을 〈리네아 돔브라Linea d'ombra〉라는 잡지에 싣기도 했다.

이런 개인적 인연을 언급하는 것은 1989년 빌렌치가 죽고 몇 달 뒤, 그의 아내 마리아 페라라Maria Ferrara가 기운을 차리고 남편이 남긴 문서를 정리하다가 나에게 전화를 걸어와 자신이 서랍 밑에서 발견한 것을 좀 봐달라고 요청한 사정을 설명하기 위해서이다.

그것은 미완성 소설의 원고였다. 제목이 '거리The Avenue'였는데, 그냥 미완성 원고라기보다는 초고와 재고의 중간 상태, 그 과정에서 중요한, 심지어는 모순적인 변화가 일어난 상태였다. 마리아는 내가 그 원고를 읽어주기를 간절히 바랐으며, 그 작품에 대한 나의 생각을 알고 싶어했다.

내가 알기로는 다른 두 명의 친구도 거의 같은 시기에 그 원고를 읽었고, 그 원고의 복사본이 파비아 대학의 문서센터, 좀 더 정확히 말하면 그곳에서 20세기 작가들의 귀중한 작품과 서신을 수집하는 마리아 코르티Maria Corti에게 보내졌다.

그 원고를 읽은 것은 내 평생 가장 감동적인 경험 중 하나였다. 무엇보다 내가 사랑했고 생전에 작품을 비교적 드물게 발표했던 작가의 새로운 작품을 발견했기 때문이다. 그것은 나의 몹시 그리운 친구이자 멘토가 쓴 글이었다. 그러나 그 글을 읽은 일이 그토록 잊지 못할 경험이 된 데는 좀 더 덜 개인적인 이유가 있다.

로마노 빌렌치의 걸작 중 하나인 《가뭄The Drought》이 세상에 나온 때가 1941년이었고, 《스탈린그라드 버튼The Stalingrad Button》이 출간된 것은 1972년이었다. 그 사이 그는 거의 아무 작품도 출판하지 않았다. 그러니까 위의 두 작품 사이에 30년이라는 공백기가 있었던 것이다.

그 기간 동안 그는 기자라는 직업 활동 때문만이 아니라(1956년까지는 〈일 누오보 코리에레Il Nuovo Corriere〉의 편집장이었으며 뒤에는 피렌체의 〈나치오네Nazione〉의 문화면을 담당했다), 그 자신의 문학관—기억의 과정, 대인관계의 심리적 역학, 그리고 특히 어린 시절과 성인기 사이의 과도기와 밀접한 관련이 있는—과 1956년까지 그가 몸담았던 공산당이 내세운 강경한 신新사실주의 미학 사이의 모순 때문에 더이상 창조적인 글쓰기를 하지 못했던 것 같다.

편집장으로 일하던 일간지가 폐간되자, 그는 곧바로 공산당원증을 반납했다. 신문이 폐간된 사유는 공식적으로는 경제적인 것이었지만 실제로는 그 신문이 취했던 독자 노선 때문이었다. 바르샤바 조약기구(1955년 구소련·알바니아(1968년 9월 탈퇴)·불가리아·헝가리·동독·폴란드·루마니아·체코슬로바키아 8개국이 폴란드의 바르샤바에서 조약을 맺어 구성한 공동 방위조직—옮긴이)의 병력이 폴란드 노동자들의 저항을 유혈 진압한 1956년 여름, 그 노선이 선명해졌던 것이다. 빌렌치는 〈일 누오보 코리에레〉의 주필로서 폴란드 노동자들의 저항을 지지하고 소련의 간섭에 반대했고, 그로 인해 신문이 폐간되는 대가를 치르게 되었다.

저널리즘에 대한 헌신 때문이든 자신의 문학 미학과 좌파 관료들의 지배적 경향 사이의 충돌 때문이든, 그가 30년 동안 새로운 작품을 내놓지 못한 것은 분명한 사실이다. 《안나와 브루노Anna and Bruno》와 《산타 테레사 음악학교The Conservatory of Santa Teresa》와 같은 초기 작품들에 거듭 매달려 거의 강박적으로 작품의 모든 부분을 다시 쓰다시피 하며 글을 계속 쓰긴 했지만, 가끔 이런저런 잡지나 친구들끼리 보는 팸플릿에 짧은 산문을 실은 것을 제외하고는 공식적으로 내놓은 작품이 없었다.

마치 소설을 쓰고 싶은 그의 갈망과 그의 정치적 헌신이 하나로 수렴되어 조화를 이루지 못하는 것처럼 보였다. 또 그가 품고 있는 문학의 비전이 너무 엄격하고 절대적이어서, 자신이 보기에 전적으로 설득력이 없으면 쓸 생각조차 못하는 것 같기도 했다.

더 나아가 그는 그러한 침묵을 정당화하기 위해, 전쟁 동안 작품의 원고들이, 특히 거의 끝마친 소설의 원고가 사라졌는데, 그 뒤로 수년째 글을 쓰지 못하고 있다는 식으로 말하기도 했다. 그 소설은 《테레사의 무죄The Innocence of Teresa》라고 했는데, 당시에는 그 유사성을 분명하게 알아차리지 못했지만, 사라졌다는 이 소설에 대한 그의 묘사는《거리》와 공통되는 부분이 많았다.

로마노 빌렌치는 꼭 필요한 경우가 아니면 형용사 하나도 남용하지 않은, 군더더기 하나 없는 굉장히 간결한 산문을 쓰는 작가였다. 하지만 이야기꾼으로서 그는 실제로는 다변가였으며, 그가 한 이야기들은 시간이 흐르면서 대개 변하고 윤색되어 문학이 되었다. 따라서 그가 한 모든 이야기를, 혹은 대단히 창의적인 그의 서신들에 나온 많은 이야기를 액면 그대로 받아들이기는 어려웠다. 그러나 그 잃어버린 소설 이야기를 했을 때, 그는 자신이 말하고 있고 친구들과 신봉자들이 귀 기울이고 있는, 그 집 찬장 서랍 밑에 있고 우리는 알지 못했던 바로 그 원고를 생각하고 있었을지도 모른다.

그러니 그 소설의 존재가 그토록 중요해진 주된 이유는 바로 이것이다. 그 소설이 1956에서 1957년 사이에 집필되었다는 점(마지막 페이지에 날짜가 기록되어 있었다), 다시 말해 30년 침묵의 한 가운데, 새로운 작품에 관한 한 다들 불모지라고 여겼던 시기의 한가운데에 위치해 있었다는 점 말이다.

게다가 그 소설은 이전 작품이나 이후 작품에서도 말한 적이 없는, 마리아가 〈일 누오보 코리에레〉의 편집 비서였고 그의 첫 아내가 아직 살아 있던 시절에 시작된 그와 마리아의 은밀한 실제 불륜관계를 윤색한 러브스토리였다. 어쩌면 그래서 세상에 나오지 못하고 서랍 속에 숨겨져 있었을 것이다.

세 번째로 흥미로운 점이 있다. 앞에서 언급했듯 빌렌치의 작품은 《스탈린그라드 버튼》과 《친구들Friends》에서 보듯 늘 기억의 과정에, 그러니까 글을 쓰는 시점과 그 글이 이야기하는 기간 사이에 개입되어 있는 긴 세월의 서술에 근거했다. 그런데 이 소설의 경우는 생생한 르포르타주와 흡사했으며, 방금 일어났거나 아직도 진행 중인 일과 직접 비교할 수가 있었다. 어쩌면 두 연인(확실하지는 않지만 주인공들의 이름이 세르지오Sergio와 테레사Teresa였던 것 같은데)의 불륜이 전쟁 중 잃어버린 그 소설에 대한 기억과 일부 섞였을지라도.

그것은 놀라운 소설이었다. 세월 속에서 누렇게 바래고 살짝 마른 원고를 두 손으로 들고 눈에 익은 로마노의 친필을 확인하는 것만으로도 많은 감정이 일었다. 이 원고를 보존하기 위해 내가 직접 복사를 해둘까 하는 생각이 들었다. 그러나 마리아에 대한 신의가 앞섰다. 그녀는 자신만이 그 작품을 갖고 있도록, 나로 하여금 복사하지 않고 돌려주겠다고 약속하게 만들었던 것이다. 내 평생 정직하게 행동하고 후회한 것은 그때뿐이었다.

원고를 돌려주기 위해 다시 만났을 때, 마리아는 "로마노가 이 작품을 끝내지 않고 출간하지 않았다면, 그의 의도를 존중하고 그의 유보적 입장을 유지시켜줘야 한다"고 말했다. 충분히 타당한 지적이었다. 그러나 나는 "하지만 로마노는 원고를 폐기하지 않았으며, 그것을 없애지 않고 보관하기로 한 것 역시 사실"이라고 주장했다. "나에게는 이 사실 역시 중요해 보인다. 어쩌면 당혹스러운 일이 생길 가능성이 사라졌을 때, 그러니까 소설에 묘사된 사람들이 이 세상에 없을 때 이어서 작업할 생각이었을 것"이라면서.

로마노의 다른 두 친구, 작가인 클라우디오 피에르산티Claudio Piersanti와 문학자이자 편집장인 베네데타 첸토발리Benedetta Centovalli도 나와 비슷한 심정으로 그 원고를 읽었다. 그들 역시 비밀을 지키겠다고 맹세했으며, 복사해서는 안 된다는 요청을 충실히 따랐다. 심지어 베네데타는 그 원고를 마리아의 집에서 읽었다. 그 외에 또 누가 그 원고를 받아보았는지는 분명하게 말할 수 없지만, 시인인 마리오 루치Mario Luzi도 아마 보았을 것이다.

우리 셋 모두 그 작품을 미완성 형태의 소설로 단독 출간하는 것은 불가능하다는 데 동의했지만, 그 작품이 빌렌치의 다른 작품들을 비판적으로 읽는 데 중요하다고 확신했다. 그러니 그의 전집에 포함시키거나 최소한 학자들이 참고할 수는 있게 해줘야 한다고 말이다.

우리가 이런 의견을 표명하자, 마리아는 이의를 제기하지 않았지만 동의한다는 뜻도 내비치지 않았다. 그녀는 잠자코 때를 기다렸다. 그러다 결국 아무도 그 원고 이야기를 입에 올리지 않게 되었다. 나 역시 오랫동안, 사실상 거의 20년 동안 그 원고를 완전히 잊고 있었다. 아니, 그 소설에 대한 기억을 내 마음 한구석에 담아놓고 그것에 대해 다시 이야기할 때를, 공개적으로 이야기할 적당한 때를 기다렸다.

그런데 2010년 봄 마리아가 사망했다. 며칠 후 빌렌치의 작품들에 관한 학회가 피렌체의 가비네토 비외쇠

Gabinetto Vieusseux에서 열리기로 예정되어 있던 시점에. 우리는 어떻게 할지 고민하다가, 결국 그 행사를 그녀에게 헌정하고 진행하기로 했다.

내가 맡은 강연에서 나는 매우 강력했던 마리아와 로마노의 관계를 길게 다루고, 그것이 글로 쓰인 것이 아닌 삶 속에서 이루어진 러브스토리라고 설명했다. 예술가의 자격으로 그랬을지라도, 그가 그 사랑에 대해 말하고자 한 미출간 작품이 있다는 사실도 알렸다. 강연을 마치자 베네데타 첸토발리가 나를 한쪽으로 데려가더니, 그 소설은 사라졌다고 나지막하게 말했다.

'사라지다니요? 마리아가 그 원고를 집에 보관하고 있었어요. 분명 어딘가에 있을 텐….'

그러나 아니었다. 마리아는 죽기 전 그들이 나눈 서신과 함께 그 소설 원고도 태워버리기로 했던 것이다.

"그럼 파비아 도서관으로 보낸 복사본은요?" 나는 적어도 그 복사본은 남아 있기를 바라며 물었다.

"몇 년 전 마리아가 돌려달라고 했답니다. 복사본도 사라진 거죠.'

그런 상황에서 다른 사람의 속을 헤아리거나 옳고 그

름을 판단하기는 어렵다. 편지나 일기는 개인적이고 매우 사적인 것이니, 당연히 남편이나 아내나 자식들이 적절하다고 생각하는 방식으로 처분할 권리가 있다. 그러나 저자가 고이 간직하고 있던 소설이라면? 그냥 서랍 속에 치워둔 것뿐이라면?

마리아는 자신의 남편이 20세기의 가장 위대한 이탈리아 작가 중 한 사람이라고 생각했으며, 늘 그의 판단을 존중했다. 그와 의견이 다를 때도. 이를테면 그녀는 그의 첫 소설 《피스토의 생애The Life of Pisto》가 훌륭한 작품이라고 생각했지만 그렇게 생각하지 않는 본인의 의사를 존중해 남편이 죽은 후 단행본으로 재출간하는 것을 허락하지 않았다. 그러니 어찌 그녀가 그의 작품에, 그리고 문학에 해 끼치는 일을 했다고 생각할 수 있겠는가?

내 생각에 그녀가 《거리》를 없애기로 한 것은 그 작품이 실존인물들과 실제 사건을 다루었기 때문만은 아닌 것 같다. 결국 문학작품에서 실제 삶의 흔적을 알아볼 수 있는 사람은 당사자들뿐이다. 그 작품 때문에 상처 받을 수 있는 사람은 빌렌치의 첫 아내뿐인데, 그녀는 이미 몇십 년 전에 죽었다.

저자 본인이 작품을 없애지 않았는데, 그리고 없애달라고 부탁하지도 않았는데, 왜 없애버려서 장차 아무도 읽을 수 없게 한 걸까?

반복해서 말하지만, 정말 사람 속은 알 수가 없다.

마리아는 오랜 세월 사랑과 존경으로 로마노 빌렌치 곁을 지켰다. 결국 그의 목숨을 앗아가버린 병을 앓던 그 오랜 투병 기간에도. 그리고 그가 죽은 뒤에도 그녀는 남편에 관한 진실을 결정하고, 남편에 대해 어떤 것은 이야기해도 되고 어떤 것은 이야기하면 안 되는지 통제하는 고약한 미망인 역할을 떠맡지 않았다. 초연한 태도로 말을 삼갔지만, 그렇다고 무심하지도 않았다.

그런데 미완성이기는 해도 본인이 후세에 남기기로 결정한 소설을 사람들이 읽을 수 있는 가능성을 아예 차단해버리는 일을 저지른 것이다.

그녀는 왜 그런 선택을 했을까?

나는 베네데타 첸토발리와 대화를 나누던 중 다시 이 이야기를 꺼냈다. 책임 소재를 따지기 위해서가 아니라, 그 극단적 행위의 이면에 놓인 이유를 이해하기 위해서. 자살의 경우처럼 우리가 찾는 이유는 항상 진부하고 부분적이며 부적절하다는 사실을 잘 알면서도. 원고를 남겨 두었을 경우 마리아가 두려워한 것은 무엇이었을까? 그 원고가 빌렌치에게 무슨 해를 끼칠 수 있었을까?

베네데타 말이, 마리아가 죽기 몇 달 전 자신에게 전화를 걸어와 빌렌치가 남긴 편지들과 그 원고를 없애버렸다고 알려줬다고 했다. 그녀가 믿을 수 없다고 했더니, 마리아는 정말로 없애버렸다고 말했다고. 그리고 베네데타는 마리아가 실제로 그렇게 결정하고 실행했다고 오늘날까지 확신하고 있다.

몇 년 동안 생각한 끝에 베네데타는 마리아의 그 결정을 극단적인 사랑의 제스처로 보고 있다. 그 소설이 미완성이라서 그렇게 했을 거라고 생각하는 것이다. 이것은 항상 글을 잘 쓰려 했던, 매우 정확하고 적절한le mot juste 글을 쓰려고 했던 빌렌치 같은 작가에게는 결정적 요인이다. 쓰다 만 책은 그에게 아예 책이 아니었을 것이다. 나는 베네데타에게 무슨 뜻인지는 알겠지만 그래도 마리아에게 그것을 없애버릴 권리는 없는 것 같다고 말했다.

우리는 이 문제를 계속해서 길게 논의할 수도 있을 테지만, 한 가지에서는 확실히 의견이 일치한다. 빌렌치의 추종자들에게도 그렇겠지만 우리 모두에게도 더이상 존재하지 않는 소설, 빌렌치에 대한 우리의 기억에서 속절없이 사라지고 있는 그 소설이 쓰라림을 남겨준다는 사실이다.

1824년 런던:

‘추잡한’ 회고록

이것은 검열에 관한 이야기이다. 국가가 정권의 반대자에 대해 주도하거나 공동체의 도덕적 건강을 규제하기 위해 종교 당국이 행하는 검열이 아니라, 추문이 일어날 것 같아서, 그리하여 당사자의 평판이 심각하게 훼손될 것 같아서 친구들이 예방 차원에서 개입하는 그런 검열 말이다. 그렇다 해도 우리가 다루고 있는 것은 검열이다. 관습과 여론에 대한 조건부 항복에서 비롯된 더욱 은밀하고 교활한 종류의 검열이기는 하지만.

1824년 5월 런던. 조지 고든 바이런 경George Gordon, Lord Byron이 시인으로서의 엄청난 명성에 그리스 독립을 위해 싸우는 자유의 전사라는 명성을 얻을 희망을 안고 미솔롱기Missolonghi에 갔다가 죽은 지 한 달 후이다.

여기는 알베말 거리Albemarle Street에 있는 1대 존 머레이John Murray 출판사 사무실이다('1대'라고 덧붙인 것은 7대 존 머레이가 자신의 아들에게 다른 이름을 주고 2000년에 출판사와 보관된 기록물들을 팔기까지 그 이름이 7대까지 이어지기 때문이다). 사무실에는 머레이와 함께 케임브리지 대학 시절부터 바이런의 친구였고 이제는 그의 유산 집행자가 된 존 캠 홉하우스John Cam Hobhouse와 바이런의 이복누나이자 가장 가까운 친척이며 과거 연인이었던 오거스타 리Augusta Leigh, 그리고 바이런의 또 다른 친한 친구인 시인 토머스 무어Thomas Moore가 있다. 그 몇 안 되는 참석자 가운데는 또한 바이런의 유일한 합법적 딸의 어머니이자 그의 별거 중인 아내의 이익을 대변하는 변호사도 있다.

홉하우스와 오거스타 리는 몇 년 전 바이런이 써서 선금 2,000파운드를 받고 출판사에 넘긴 《회고록Memoirs》 원고를 반드시 태워버려야 한다고 확신한다. 그 원고는 무어를 통해 머레이에게 전달되었는데, 앞으로 보게 되겠지만 그것은 우연이 아니었다.

출판업자 머레이는 내키지 않아 망설이다가 마지못해 그들의 제안을 받아들인다. 선금을 돌려받는다는 조건으로 원고를 없애는 데 동의한 것이다. 오거스타 리가 그의 입을 다물게 할 돈을 그에게 건넨다. 오직 토마스 무어만이 그 제안에 반대한다. 《회고록》을 당장 출판하지는 못하더라도 그 원고를 없애는 것은, 바이런이 자신과 자신의 삶 그리고 자신의 열정에 대해 참으로 많은 것을 드러낸 그 대단한 산문 원고를 없애버리는 것은 잘못이라고 설득한다. 이 모임이 이루어지기까지 며칠 동안 무어와 홉하우스 간에 벌어진 토론은 어찌나 격렬했던지 주먹다짐으로 끝날 뻔했다.

무어가 그 작품을 지키려고 한 것이 옳았다는 데는 의심의 여지가 없다. 특히 이제 와서 보면 바이런의 몇몇 시들은 감상하기 쉽지 않지만(특히 장시長詩들이 그렇다. 〈돈 주안Don Juan〉은 확실히 예외지만), 탁월한 리듬감으로 빛나는 그의 산문은 직접적이고 자연스러워서 현대의 독자들도 쉽게 즐길 수 있기 때문이다. 그러므로 《회고록》(원래 제목이 이렇다)을 구해냈더라면 후대에 상당한 즐거움을 남기는 일이 되었을 것이다.

하지만 애석하게도 불쌍한 무어만 빼고 다들 이처럼 불미스럽고 위험한 책은 영영 세상에서 사라져야 한다는 데 동의했다.

바이런은 전형적인 낭만적 인물의 한 유형으로, 장황한 소개가 필요 없을 것이다. 그는 조숙하고 우울했으며(토머스 러브 피코크Thomas Love Peacock는 묘지 뒤에 가장 많이 심는 나무의 이름을 따서 그를 풍자적으로 '미스터 사이프러스Mr. Cypress'라고 불렀다) 재능과 활력이 넘쳤고, 자신을 함부로 탕진한 구제불능의 바람둥이에 지나치게 감상적이고 영웅적이었으며, 문학뿐 아니라 인류의 역사에도 흔적을 남기려는 결의가 굳은 사람이었다. 오랫동안 남성과 여성 모두에게 저항할 수 없는 매력을 행사한 남자였다. 서른여섯의 나이로 세상을 떠났을 때는 과체중에 머리는 거의 대머리였고 치아 상태도 나빠서, 초상화를 통해 전해진 너무나 잘생긴 그 모습은 거의 남아 있지 않았지만.

그런데 그 《회고록》에 대체 얼마나 추잡한 내용이 담겨 있기에 감추는 것만으로도 부족해 아예 쓰인 적이 없었던 것처럼 지워버려야만 했을까?

앤 이사벨라 밀뱅크Anne Isabella Milbanke와의 짧고 불행했던 결혼생활, 딸아이를 안겨주었으나 11개월 만에 악감정과 비난으로 막을 내린 그 결혼생활에 대한 이야기였을까? 아니면 이복누이 오거스타와의 근친상간적 사랑 이야기였을까? 런던에 떠돌던(그리고 바이런 본인이 부추긴 것으로 보이는) 소문에 의하면 그의 결혼생활이 깨진 실질적 이유였다던.

어느 쪽이든 가능성은 충분하다. 특히 첫 번째 경우라면. 그가 별로 사랑하지 않았고, 그들이 헤어진 뒤 가능한 모든 수단을 동원해 복수하려 들었던 아내를 바이런이 얼마나 근엄한 악의를 가지고 묘사했을지 상상하기는 어렵지 않으니.

그런데 잠재적 추문의 진정한 근원은 다른 데 있었던 것 같다. 그 원고에 다소 노골적으로 등장했을, 용서할 수 없는 수치인 바이런의 동성애. 그 무시무시한 악덕, 당시 영국에서 아무리 널리 행해지고 있었다 해도 차마 입 밖에 내어 고백할 수 없었던 그 범죄 말이다. 동성애혐오증이 매우 다양한 형태와 맥락으로 계속 나타나고 있는 것은 사실이지만, 19세기 영국 사람들이 동성 성인 간의 상호 합의에 의한 성관계에 대해 어떤 견해들을 갖고 있었는지 상상하기는 쉽지 않다. 그런 죄를 저질렀다고 밝혀진 사람은 목과 두 손이 널빤지 사이에 끼인 채 뭇 사람들의 구경거리가 되었다. 더 나쁜 경우 그런 다음 교수형을 당할 수도 있었다. 차꼬(죄인에게 씌우던 형틀—옮긴이)를 찬 채 대중의 맹비난을 받고 대중이 적당한 물건을 죄인의 얼굴에 던질 수 있게 하는 그 처벌만으로 결정적 효과를 보지 못했을 경우에 말이다. 그리고 1861년 이후로 더이상 사형을 당할 중범죄는 아니었다고 해도, 20세기의 문턱에서 유명한 오스카 와일드의 사례가 잘 보여주었듯, 동성애는 이후로도 오랫동안 엄한 처벌의 대상이었다.

동성애 관계가 드러나 추문이 발생하면 자살하거나 해외로 도주해야 했다. 잘해야 죄인의 몸으로 공적 삶과 모든 사회적 관계에서 결정적으로 완전히 추방되어 시골로 내려가 은밀한 삶에서 위안을 찾을 뿐이었다. 죄인이 유명할수록 추문은 더욱 커졌다.

사망할 무렵 바이런은 영국에서 가장 유명하고 사랑받고 돈을 가장 많이 버는 시인 중 한 명이었다.《차일드 헤럴드의 편력Childe Harold's Pilgrimage》을 출판한 이후 그가 거둔 문학적·세속적 성공은 놀라웠다. 그러나 시인으로서 명성이 커질수록 그의 동성애에 대한 소문 또한 더 널리 퍼지고 떠들썩해졌다. 바로 이런 연유로 그는 이복누이 오거스타의 충고에 따라 편의상 결혼을 했다. 그러나 그 결혼은 소문을 잠재우지 못했을 뿐만 아니라 짧게 유지된 탓에 오히려 소문에 기름을 붓게 되었는데, 그것은 대체로 방치된 아내 그리고 좌절한 연인의 탓으로 보인다.

결국 바이런은 부득이하게 도주해서 망명하는 것과 매우 유사한 수단에 기대야 했다. 1816년 영국을 떠났을 때, 그는 십중팔구 돌아오지 못하리라는 사실을 이미 알고 있었다.

그는 유럽 대륙을 오랫동안 편력하다가 베네치아에서 멈추었다. 그곳에서 관용과 개방성을, 맞서 싸워야 하는 영국인 사회가 없는 곳에서만 가능한 분위기를 발견했던 것이다(반면 피렌체와 로마에는 그런 사회가 존재했기에 체류 기간이 짧았다). 베네치아에서 그는 강력한 시적詩的 생산성의 시기를 맞이했고 《회고록》을 집필하기 시작했는데—대부분이 그가 베네치아에 머물던 시기, 그러니까

1817년에서 1818년 사이에 쓰였으며, 그 후 1820년에서 1821년 사이에 좀 더 상세해졌다—, 필력으로 명성이 자자한 사람이 그렇게 열심히 썼으니, 완성된 원고는 분명 내용과 길이가 상당했을 것이다.

바이런은 모든 작품에서 사적 경험의 흔적—그가 한 여행이나 생각, 지인과 친구들—을 남겼지만,《회고록》에서는 자신의 경험을 보다 직접적으로 기술하고 이전과는 비교할 수 없을 정도로 자신을 드러냈다. 어쩌면 회고록이라는 형식의 특성 때문에 자신의 동성애도 밝히게 되었을 것이다.

나는 사라진 책에 대해 이야기하고 있기 때문에 계속 '어쩌면'이라고 말하고 있다. 그러나 아무리 말을 아껴도 그의《회고록》을 직접 본 사람들은 이 점에 대해서는 다들 기본적으로 동의한다.

그러니 바이런이 어찌하여 자신의 그런 면을, 자기 삶의 그런 측면을 밝히기로 했는가를 물어야 할 것이다. 영국에서 출판하려 한 책에 그런 주제를 이야기해서는 곤란하다는 사실을 그는 충분히 알고 있었다. 아마도 사후에 낼 생각이었거나 먼 훗날 출판할 생각이었을 것이다.

출판 가능성을 고려하지 않았을 수는 없다. 그렇지 않고서야 왜 그 회고록을 출판업자에게 보내고 선금 2000파운드를 받았겠는가?

엄청난 돈을 벌었음에도 불구하고 바이런은 끊임없이 돈이 필요했고 그런 까닭에 자신이 쓴 글은 무엇이든 기꺼이 원고료를 받고 넘겨주었던 것이 사실이라면, 전혀 자선가처럼 보이지 않는 존 머레이가 왜 저자조차 출간할 수 있을 거라 생각하지 않는 작품에 그렇게 많은 선금을 기꺼이 내놓았을지도 의심스럽기 때문이다.

바이런이 동성애자라는 사실과 그에 대해 전해 내려오는 이미지, 즉 거부할 수 없는 옴므파탈homme fatal, 끊임없이 여성들을 유혹하는 구제불능의 바람둥이라는 이미지를 어떻게 조화시킬 수 있을까?

그가 유혹자였다는 사실에는 의심의 여지가 없다. 그는 무수한 여성들과 바람을 피웠고, 남자들과도 그랬다. 케임브리지 대학 시절 친구들 사이에서 그랬듯이 특히 무척 젊은 남자들과. 학창 시절 그리고 해외여행 시절부터 바이런의 성관계는—그 첫 번째 상대가 홉하우스였다—늘 과잉과 풍부함이 특징이었다. 그러므로 그의 진정한 성향 내지 일반적인 취향은 이성과의 요란한 모험 속에 감춰져 있었을지도 모른다.

홉하우스도 트리니티 성가대원이었던 존 에들스턴John Edleston처럼 젊은 시절 바이런의 연인 중 한 사람이었다. 에들스턴은 요절한데다 케임브리지에서 함께 시간을 보낸 후로 바이런을 한 번밖에 만나지 못했지만, 바이런이 가장 좋아한 사람은 언제나 그였다.

그러니 1824년 5월 중순 바이런의 사망 소식이 런던에 도착했을 때, 홉하우스가 출판업자의 손에 있는 그《회고록》원고 때문에 걱정이 이만저만이 아니었음은 이해할 만하다. 친구의 평판만이 아니라, 자신의 평판에 대한 걱정 때문이기도 했다. 아마 자신에 대한 걱정이 앞섰을 것이다. 당시 그는 정계에 입문해 하원의원으로 일하고 있었으니까.

어쨌든 그들이 처음 해외여행에서 돌아왔을 당시, 영국 국경에서 누군가 주시할 경우에 대비해 일기를 없애라고 바이런을 설득한 사람은 홉하우스였다. 사실 그때가 바로 바이런의 일기에 많이 등장하는 인물 중 한 명인 존 에들스턴이 하이드 파크에서 경찰의 급습으로 체포된 시기였다. 그런데 나중에 바이런은 그때 일기를 없애버린 것을 깊이 후회했다. 분명 이런 사정으로 홉하우스가 아니라 무어를 통해《회고록》을 머레이에게 전달하기로 했을 것이다. 그런 전례가 있었으니 그 일을 홉하우스에게 맡길 수는 없었으리라.

《단상斷想Detached Thoughts》에 기술했듯, 바이런은《회고록》에 민감한 내용이 담긴 것을 의식하고 그 내용을 직접 '걸렀다.' 그러나 저자의 이런 개입은 충분치 않았을 것이다. 적어도 홉하우스가 보기에는 거의 확실히 그랬을 것이다.

자기 검열, 삭제, 사전事前 편집, 그러니까 그들의 머리 위에는 차꼬와 교수대의 유령이 늘 맴돌고 있었던 것이다.

동성애에 대한 영국의 사회적 분위기는 20세기 중반에도 크게 달라지지 않았다. 존 머레이(몇 대인지는 모르겠다)가 바이런을 연구하는 레슬리 머천드Leslie Marchand에게 출판사가 보유한 기록물을 열람하도록 허락하면서도 바이런의 동성애 측면에 대해서는 전혀 언급해선 안 된다는 조건을 제시할 정도였다. 그래서 레슬리 머천드는 1970년대에 펴낸 바이런의 전기에서 마침내 그의 성적 취향에 대해 다소 막연한 언급을 할 수 있었다. 1967년에 와서야(그때에야 비로소!) 영국에서 성인 간의 합의된 동성애 행위가 법적 처벌 대상에서 제외되었다.

우리는 바이런이 합법적인—혹은 이성애적인—관계 뒤에 감히 입 밖에 내어 말할 수 없는 다른 종류의 관계를 조심스럽게 감추었다는 사실을 이미 살펴봤다. 바이런은 자신의 욕망대로 자유롭게 살 수 없음을 가장 직접적으로 다룬 〈맨프레드Manfred〉(바이런의 극시—옮긴이)에서도 근친상간적 사랑이라는 비유에 의지해 그 불가능성을 각색하고 있다. 이복누이인 오거스타를 향한 사랑, 그의 결혼생활이 파탄 난 진짜 이유를 감추기 위해 이용한 그 사랑으로 말이다.

작가이자 시인인 프랑코 부포니Franco Buffoni는 〈돈 주안〉의 작가 이야기를 개작한 소설을 썼다. 몇 년 전에 출간된 《바이런의 하인Byron's Servant》이라는 그 소설은 하인이 화자가 되어 자신의 관점에서 주인의 일생을 이야기하며 《회고록》이 남긴 공백을 메운다. 비록 이렇게 말하는 대목도 있긴 하지만.

(…) 주인님의《회고록》을 처음부터 끝까지, 단어 하나 빼놓지 않고 읽었다. 후회되는 점이 있다면 그것을 몰래 복사해두지 않아 그 참사에서 구해내지 못했다는 것이다. 남은 것이라고는 그것에 대한 나의 기억뿐이다. 그 내용을 들려줄 수는 있지만, 애석하게도 주인님의 문체를 재현할 수는 없다. 잘 알다시피 문학은 문체가 전부인데.

부포니 덕분에 나는 무엇보다 바이런이 맺었던 다양한 유형의 관계들을 이해할 수가 있다. 그는 나에게 현대에는 그런 어휘가 있어서 성적 성향과 성적 행위를 구별할 수 있다고 말해준다. 바이런은 양성애자였고 극도로 문란했으며 돈 조반니 식 모험에 탐닉했다(그가 돈 주안, 모든 사람을 정복한 그 유혹자에 대해 의사 서사시를 쓴 것도 어찌 보면 당연한 일이다). 그리하여 그의 정부情婦이자 가정부였던 베네치아의 '라 포르나리나La Fornarina'부터 테레사 감바 귀치올리Teresa Gamba Guiccioli와 같은 백작부인(그녀의 남동생에게 은밀히 반해 있었음에도)에 이르기까지 귀족 여성이든 하녀든 가리지 않았으며, 젊은 남자들 그리고 매춘부들과도 관계를 맺었다. 그의 행동은 어디서든 똑같았다. 그리스에서든, 그가 대항해 싸웠던 오스만 제국에서든, 알바니아에서든, 이탈리아에서든, 몰타에서든 언제나 모든 유형의 정사情事를 강박적으로 수집할 기회가 있었다. 하지만 그의 주된 성향은, 그의 진정한 사랑은 언제나 매우 젊은 남자들이었다. 첫사랑인 존 에들스턴부터 그리스 모험 중에 만났던, 바이런의 죽음이 임박하자 반란에 참여한 병사들에게 지불할 돈을 가지고 달아난 그의 마지막 사랑 루카스 찰란드리차노스Lukas Chalandritsanos에 이르기까지.

우리는 바이런이 쓴 편지들을 적어도 일부는 읽을 수 있는데, 그 편지들에 따르면 그에게서 가장 깊은 감정을 이끌어낸 사람은 늘 남성이었던 것이 분명해 보인다. 그러나 앞에서 암시한 이유들로 영국에 머무는 한 일기를 수정한 데서 알 수 있듯이, 그가 당국의 검열뿐 아니라 자기검열에 속박되었던 것 또한 사실이다. 편지를 쓸 때는 용의주도하게 암호화된 라틴어와 그리스어 암시를 사용하거나 음을 탈락시켜 수령인 외에는 그 뜻을 정확히 알 수 없게 했다.

그랬기에 그는 이탈리아에서 안전함을 느꼈고, 애정행각이 절정에 다다랐을 때 《회고록》을 쓰는 자유를 누릴 수 있었다. 인생의 한 시기를, 어쩌면 가장 행복한 시기를 끝내기라도 하는 것처럼. 그의 시 〈그녀는 예쁘게 걸어요 She Walks in Beauty〉에 나오는 연모 받는 여인과 같은 단계에 이르렀다고 말하기는 힘들지만.

이 지상의 모든 것과 화평한 마음,
순진한 사랑을 지닌 가슴.

나중에 그가 베네치아 시절에 이어 겪게 되는 가슴의 고통은 그와 같지 않을 터였다. 육신의 쇠퇴가 그의 유혹 능력을 약화시키고, 그의 활력은 실패하게 되는 그리스 독립투쟁을 향하게 되니까.

다시 그의 출판업자의 사무실로, 1824년 5월의 그날로 돌아가보자. 때 아니게 춥고 습했던 그 5월로.

토머스 무어는 동료이자 친구가 쓴 작품이 불쏘시개 신세가 되지 않게 하려고 아직도 있는 힘을 다해 싸우고 있다. 그에게 그것은 친구를 두 번 죽이는 일이다. 그러나 그는 혼자서 그것을 막아보려 하고 있다.

내가 그의 옆에 있었더라면 좋았을 것이다. 그랬다면 그 사람들을 한데 모아놓고 다른 안을 고려해보라고 했을 것이다. 그러니까 원고를 어떻게든 안전한 곳에 보관해놓자고. 백 년, 아니, 이백 년 동안 세상에 내놓지 않는다는 조건으로. 하지만 없애지는 말자고. 개인을 보호하는 일도 신성불가침의 권리지만, 문학작품을 보존하는 일 역시 그렇다고. 그리고 이 정언명령(칸트 철학에서 행위 자체가 선善이기 때문에 그 결과에 구애되지 않고 무조건 수행이 요구되는 도덕적 명령—옮긴이)들은 수렴될 수 있으며 양립 가능하다고. 그렇게 할 마음만 있다면. 바이런은 그 《회고록》이 출판업자에게 분명히 전달되게 했으며, 어떤 이들이 주장하는 것처럼 전 아내에게 복수하려 한 거라는 말은 믿을 수 없다고. 그는 《회고록》이 살아남아 출판되기를 원했다고, 그러니 그의 뜻을 존중해야 한다고 말이다.

하지만 나는 거기에 없었고, 다른 사람들이 무어만 설득시키면 되었다.

그러기 위해 그들은 무어에게 바이런의 첫 전기를 쓸 권한을 주었다. 심지어 동성애 관계에 대한 언급을 아주 모호한 것이라도 배제하기만 한다면, 《회고록》의 일부를 표현을 바꿔 사용하고 발췌해서 인용하는 것(지나치게 '음란한' 말은 별표(*)로 감춰야 하지만)까지 허락했다. 결국 무어는 굴복하고 그들에게 매수된다. 출판업자와는 달리 돈 때문에 그런 것은 아니지만. 무어가 쓴 바이런의 전기는 1830년에 나오게 된다.

그리하여 그 종이 뭉치는 결국 존 머레이의 벽난로 속으로 들어간다. 참석한 사람들 가운데 한 명이 그것을 불길 속에 던져넣을 용기를 가졌을 거라고 상상하기는 힘들다. 원고를 돌려준 머레이가 그렇게 하지는 않았을 것이다. 소심한 홉하우스가 그랬을 것 같지도 않다. 여자가 그 임무를 맡았을 거라는 생각은 차치하자. 토머스 무어도 그러한 역할을 받아들이지 않았을 것이다. 우리는 원고를 없애는 모습을 차마 두 눈으로 볼 수 없어 무어가 방을 나가는 모습을 그려볼 수 있다. 그 일은 결국 출판사 직원에게, 무심코 불려온 평범한 피고용인에게 맡겨졌을 것이다. 아니면 저자 미망인의 법정 대리인, 그 행위에서 은밀한 기쁨을 누렸을 누군가에게 맡겨졌을 것이다.

유감스럽게도 의심의 여지가 없는 것은 바이런의《회고록》이 1824년 5월에 영영 사라졌다는 사실이다.

1922년 파리:

기억은 최고의 비평가

작가들이 자신의 작품이 사라졌다고 할 때, 그러니까 완성했거나 거의 끝마친 장편소설 또는 단편소설이 기이한 상황에서 사라져버려 처음부터 다시 시작해야 한다고 말할 때, 우리는 그들의 말을 그냥 믿어야 할까?

이런 이야기들은 지나치게 흔하고 기본적으로 너무 유사해서 의심스러운 마음이 든다. 그리하여 의심 많은 문학의 도마들처럼 구체적인 증거를, 적어도 이른바 그 사건이 발생한 시기로 거슬러 올라가는 목격담이라도 요구하게 된다.

그런데 만일 그 작품이 사라지게 된 책임이 배우자에

게 있을 경우에는 어떻게 생각해야 할까? 가령 첫 번째 아내, 이후 남편이 세 번 더 결혼해 더이상 변호할 가치가 없어 보이는 첫 아내가 작품을 사라지게 한 경우에는? 특히 그런 경우 그녀는 완벽한 희생양처럼 보이는데?

그런데 문제의 작가가 허풍선이blagueur까지는 아니더라도 자신의 이미지를 전쟁과 연애와 여행 사이에서 완전히 길을 잃은 존재로 투사하는 것으로 유명하다면? 그렇다면 그의 말이 전부 사실은 아닐 수도 있다고 생각하고 에누리해서 듣는 것이 좋지 않을까?

그러나 미리부터 지나치게 많은 의문을 제기하는 대신, 그냥 그 이야기를 하고 어떻게 되는지 지켜보는 것이 나을 것이다.

1922년이 끝나갈 무렵, 파리. 이제 우리는 어떤 여행 가방에 대해 이야기할 것이다. 곧 어떤 일이 일어날 텐데, 이 책에서는 그런 일이 이번 한 번만 등장하지는 않을 것이다. 여행 가방은 출발 직전 있어야 할 곳에 있다. 그러니까 리옹 역에 정차해 있는 열차의 머리 위 선반에. 그런데 거기에 가방을 올려놓았던 여인이 돌연 참을 수 없는 갈증을 느끼고 객실을 나가 기차에서 내려 재빨리 에비앙 생수 한 병을 사온다. 그녀가 다시 기차에 올라탔을 때, 가방은 사라지고 없다.

그 여행 가방에는 20세기의 위대한 작가 가운데 한 명인 어니스트 헤밍웨이Ernest Hemingway가 쓴 완전한 소설 한 편을 비롯해 초기 작품들이 전부 들어 있었으며, 가방을 도둑맞은 여인은 그의 첫 번째 아내 해들리 리처드슨Hadley Richardson이었다.

이것은 헤밍웨이 본인이 한 이야기이다. 〈나의 아버지My Old Man〉—이전에 출판된 적이 없었기에 에드워드 오브라이언Edward O'Brien이 원칙까지 바꿔가며 매년 선정되는 최고의 미국 단편소설 목록에 넣었던—는 자신이 쓴 모든 것이 해들리의 여행 가방과 함께 기차역에서 도난당한 후 남은 단 두 작품 중 하나였다고 하면서. 해들리는 그들이 산에서 휴가를 보내는 동안 헤밍웨이가 계속 작업할 수 있도록 그의 원고를 가져가기로 했던 것이다. 헤밍웨이에 따르면, 해들리는 전부 다, 그러니까 원고와 타자본과 복사본까지 그 여행 가방 안에 다 집어넣었다. 〈나의 아버지〉가 살아남은 것은 헤밍웨이가 그 작품을 편집자에게 보냈는데, 편집자가 거절 편지와 함께 원고 사본을 돌려보냈기 때문이었다. 이 사본은 해들리가 파리를 떠나면서 열어보지 않은 우편물 더미에서 회수되었다. 도난당하지 않고 남은 또 다른 작품은 〈미시간 북쪽에서Up in Michigan〉였다. 헤밍웨이는 이 작품을 읽어보라고 거트루드 스타인Gertrude Stein에게 보냈는데, 그녀로부터 부정적인 답변을 받고는—그녀는 이 작품이 벽에 걸면 안 되는 그림이라도 되는 양 걸어둘 수 없는 것으로 여겼다—서랍 속 깊이 치워버렸던 것이다.

기차에서 그런 일이 있은 후 헤밍웨이는 스위스에서 이탈리아로 갔으며, 〈나의 아버지〉를 당시 라팔로Rapallo(이탈리아 북서부의 항구 도시—옮긴이)에서 지내던 오브라이언에게 보여주었다. 그때의 일을 헤밍웨이가 직접 이야기했으니 살펴보자.

> 힘든 시기였고 그때는 더이상 글을 쓸 수 없을 것 같아서 그냥 궁금한 마음에 그에게 그 단편을 보여주었다. 어처구니없게 배를 잃어버리고 바보처럼 그 배의 나침반대를 보여주듯이, 혹은 사고로 잘린 장화 신은 다리를 들

어울리며 그것을 가지고 농담을 하듯이. 그런데 그가 그 소설을 읽더니 나보다 훨씬 더 괴로워하는 것이다. 죽음이나 견디기 힘든 고통도 아닌데 그렇게 괴로워하는 사람을 본 적이 없었다. 내 작품들을 잃어버렸다는 이야기를 할 때의 해들리 말고는. 그때 그녀는 울고 또 우느라 제대로 말을 하지 못했다. 나는 그녀에게 무슨 끔찍한 일이 일어났든 그렇게 나쁜 일은 아닐 거라고, 그게 어떤 일이든 괜찮으니 걱정 말라고 했다. 우리가 잘 해결할 수 있을 거라며. 그러자 마침내 그녀가 사실을 털어놓았다. 나는 그녀가 사본은 남겨두었을 거라 생각하고 신문사 일을 대신해줄 사람을 구한 뒤 파리 행 기차를 탔다. 그런데 정말이었다. 아파트에 들어가 해들리의 말이 사실인 것을 확인한 뒤 그날 밤 내가 어떻게 했던지 기억난다. 어차피 끝난 일이었고, 이미 잃어버린 것에 대해서는 논하지 말라고 칭크에게서 배웠기에, 나는 너무 상심하지 말라고 오브라이언을 달랬다. 어쩌면 초기 작품들을 잃어버린 것이 나에게는 좋은 일일지도 모른다고, 나는 다시 소설을 쓸 거라고 온갖 고무적인 이야기를 늘어놓았다. 사실 그의 마음을 달래주려고 거짓말을 해본 것인데, 그 말을 하면서 정말로 내가 그렇게 할 것임을 깨달았다.

이것은 그 사건이 일어나고 세월이 한참 흐른 뒤 헤밍웨이가 말년에 써서 사후에 출간된 미완성 회고록《이동 축제일A Moveable Feast》(부활절처럼 해마다 날짜가 바뀌는 축제일, 우리나라에서는 '파리는 날마다 축제'라는 제목으로 보완 번역, 출간되었다—옮긴이)에 나오는 한 대목이다. 그리고 이 이야기에 따르면, 그 작품들을 잃어버린 일로 가장 큰 영향을 받은 사람은 해들리와 오브라이언인 것 같다. 작가 본인보다 훨씬 더. 그런데 다시는 글을 쓸 수 없을 것 같다고 생각했다는 이야기는 무엇인가? 이것은 사실 그 사건이 헤밍웨이 자신에게도 그 정도로 무척 충격적인 사건이었음을 보여준다.

세인트루이스 출신의 젊은 여성 해들리 리처드슨은 스물여덟 살에 갓 스물을 넘긴 청년 헤밍웨이를 만났다. 그녀는 각진 얼굴에 빨간 머리로, 흔히 말하는 미인형은 아니었다. 하지만 헤밍웨이가 회고록에서 추억하는 그녀는 그가 살아오면서 잃어버린, 그녀 이후의 다른 아내들에게

서는 얻지 못한 모든 것, 도난당한 작품들보다 훨씬 값진 어떤 것을 상징한다. 그가 하고자 한 이야기는 원고들이 가득 든, 기차역에서 도둑맞은 그 여행 가방에 대한 것만은 아니었다. 그것은 한 작가의 습작 시절에 대한 이야기, 몇 분 사이에 사라져버렸고 되찾을 희망도 없는 그 많은 원고들에 대한 이야기였다. 아무리 앞날이 창창하다 해도 그런 사건은 견디기 힘든 타격이다. 자신의 소명에 대한 확신이 없을 때, 그런 사건은 충분히 그 일을 포기하게 만들기 때문이다.

나는 사건이 일어나고 한참 뒤에 쓰인 회고록을 다룰 때 얼마나 신중해야 하는지를 앞에서 이미 언급했는데—하지만 사실 《이동 축제일》은 1930년대 말 헤밍웨이가 파리 리츠 호텔에 남겨둔 트렁크 두 개에 다른 많은 것들과 함께 담겨 있던 일련의 노트에서 나온 것이다. 호텔 매니저가 창고에서 그 트렁크들을 발견했고, 트렁크들은 1956년 11월에 그에게 돌아왔다—, 당시의 일기 내용이 회고록을 보증해준다는 사실은 그 회고록의 신빙성을 좀 더 높여준다. 또한 헤밍웨이가 물건을 잘 잃어버리고 잊는 성향이었다는 사실도 분명히 지적해둘 만하다.

그 여행 가방이 사라진 시기에 헤밍웨이는 로잔Lausanne에 살면서 〈토론토 스타Toronto Star〉의 유럽 특파원으로 일하고 있었다. 해들리가 그에게 가져다주려 한 원고들은 그가 기자 일을 하면서 소설을 쓸 수 있을지 알아보기 위해 그리고 그런 글쓰기를 장차 직업으로 삼을 수 있을지 보기 위해 써본 글들이었다.

헤밍웨이 이야기는 내가 이 책에서 다루는 이야기들 가운데 분명 가장 가볍게 다룰 수 있는 이야기이다. 그의 경우, 결코 다시 쓸 수 없을 작품이 돌이킬 수 없을 정도로 파괴된 것이 아니라 그저 끝이 좋지 않은 시작이었기 때문이다. 게다가 시작이 좌절된 뒤 더 나은 또 다른 시작이 오는 일은 늘 가능하다.

그럼에도 불구하고 그 사건은 헤밍웨이에게 진정한 비극이었고, 청춘의 끝을 알리는 동시에 무슨 일이 일어날지 알 수 없는 불확실성 시대의 개막을 알렸다. 해들리가 원고의 일부만 가져왔을 거라는, 그러니 파리의 집에 가면 사본이 남아 있을 거라는, 환상에 지나지 않았던 그 희망은 그 순간 그가 느낀 극심한 공포와 그 상황의 심각성을 잘 보여준다. 해들리는 서둘러 파리를 떠나면서 그의 원고를 추리지 않고 모조리 가방에 집어넣었다. 원고를 추리는 일은 그녀가 남편을 만났을 때 남편이 할 일이었던 것이다.

헤밍웨이는 가방을 돌려주면 보상을 하겠다는 광고를 냈던 것 같다. 그 가방에 든 물건은 그에게는 3년이 넘게 걸린 노동의 결실이지만 도둑에게는 쓸모없는 종이 뭉치에 지나지 않았으니까. 그러나 아무 소용없었다. 아마도 도둑은 신문에 난 광고를 읽지 않았을 것이다. 여행 가방은 돌아오지 않았다.

그 최초의 습작 소설들은 헤밍웨이가 그 작품들을 회상하며 넌지시 내비친 바에 따르면, 그리고 〈미시간 북쪽에서〉에 대한 거트루드 스타인의 반응을 존중한다면, 부족한 점이 많았던 것 같다. 헤밍웨이 사후에 그가 쓴 글이라면 모조리 출판할 수 있다고 여겨진 상황을 감안하면 그 미출간 습작들을 잃어버린 일이 다행이라고 볼 수도 있다. 그러나 그 작품들이 사라졌을 당시 헤밍웨이는 자신이 기사 말고 다른 글을 쓰게 될지 어떨지 확신하지 못한 상태였으니, 그 가방을 도난당한 일이 그를 완전히 흔들어놓았을 수도 있다.

그 사건이 정말로 그에게 충격적일 정도로 영향을 미쳤다는 것은 그 일이 있고 얼마 되지 않은 1923년 1월에 그가 에즈라 파운드Ezra Pound(1985~1972, 미국의 시인·평론가—옮긴이)에게 보낸 편지에 잘 나타나 있다.

> 저의 초기 작품들이 사라진 이야기를 들으셨지요? 당연히 '잘됐다'고 하실 겁니다. 하지만 부디 그렇게 말하지 말아주십시오. 아직은 그럴 기분이 아닙니다. 그 망할 것에 3년이라는 시간을 들였어요.

그리고 파운드는 그런 손실에 긍정적인 의미를 부여하지 말아달라는 친구의 간청을 무시하고, 그 일을 신의 뜻으로 여기고 그 작품들에 대한 기억을 이용해보라는 답신을 보냈다. 다시 말해 "기억은 최고의 비평가"라면서 그 기억에서 되찾을 만한 것을 찾아보라고. 그런데 정말로 기억이 최고의 비평가일까? 쓰긴 했지만 더이상 갖고 있지 않은 것을 전부 기억해내는 일이 가능할까? 어떤 느낌이나 아이디어 또는 구절을 기억해내는 것과 실제로 썼던 글 한 장 한 장을, 그것도 애초에 충분히 힘들게 썼던 글을 다시 쓰는 것은 매우 다른 성질의 것이다. 고치고 읽기를 반복하다가 마침내 딱 맞는 표현을 찾아냈을 글을 말이다. 세상에 어느 누가 기억만으로 그러한 과정을 완벽하게 되살리겠는가?

게다가 사라진 작품 가운데 헤밍웨이가《이동 축제일》에서 말한 것처럼 완전한 소설 한 편—"내가 쓴 첫 번째 소설"—이 있었다면 어떻게 기억에만 의존해 시작할 수 있겠는가?

그런데 사실 그 소설은 그리 잘된 작품은 아니었다. "안이한 청소년기의 서정성"에 푹 젖어 있었으며, 그래서 "잃어버린 것이 오히려 잘된 일"이었다. 적어도 10년 후에 헤밍웨이는 그 작품을 이렇게 회상하며 결국 파운드의 의견에 동조했다. 이후 그가 쓰게 된 소설—1926년에 출간된《피에스타Fiesta》—은 전혀 다른 소설이었으며, 그가 그 소설을 완성하는 데는 상당한 시간이 걸렸다.

그 무렵 헤밍웨이가 그랬듯 돈이 부족할 때가 많아 좋은 음식을 사 먹지는 못해도, 충분히 강하고 건강하다면 무엇이든 할 수 있고 무엇이든 회복할 수 있을 것이다. 모든 것을 다시 시작해 처음부터 새로 만들어내야 한다 해도 말이다.

그러므로 사실 해들리가 더 속이 상했을 것이다. 그 시절 그녀는 남편의 재능을 확고히 믿었고 습작 시절 내내 남편을 지지했지만 남편이 다시 글을 쓰게 되리라는 사실은 확신하지 못했으니까. 모든 것을 새로 시작할 수 있을 뿐 아니라 실제로 더 잘 해낼 수 있을 거라는 결의를 다질 내적 힘을 가진 사람은 해들리가 아니었다.

아마도 헤밍웨이는 파리의 리츠 호텔 매니저가 찾아낸 그 오래된 노트들을 다시 손에 넣었을 때 그 일을 되돌아보고 그 노트들을 다시 읽으면서 그 시절의 정취, 다시 말해 영원히 사라진 청춘의 정취를 다시 맛보았을 것이다. 뿐만 아니라 수십 년 전에 버린 아내, 이제 와서 생각해보면 그 일에 책임을 느끼며 가장 힘들어했을, 그 사건의 가장 큰 피해자이기도 했던 아내를 다시 떠올렸을 것이다.

나에게 귀중한 정보를 제공해준, 나의 친구이자 작가인 로렌초 파볼리니Lorenzo Pavolini에 따르면, 《이동 축제일》은 다른 제목이 붙었을 수도 있었다. 헤밍웨이는 책 제목을 정할 때 여러 개를 지어놓고 그중 하나를 선택하곤 했다는 것이다. 이 회고록의 경우 잠재적 제목 중 하나가 '당신이 있었을 때는 얼마나 달랐는지How Different It Was When You Were Here'였다고 한다. 정말 모든 것이 달랐다. 그런데도 그는 자신이 정말로 작가가 된 것은 그 시절이었다고, 기억도 안 나는 그 옛날이었다고 말하고 있는 것 같다.

문학 비평과 가십 사이 어딘가에 위치하는 이유로 이 사라진 작품들을 정독하고 일류 이야기꾼의 기원을 거슬러 올라가볼 수 있다면 흥미로울 것이다. 그 작품들이 오류투성이이고 심지어 경악을 금치 못하는 것이라 해도. 그것은 마치 아직 공식을 발견하지 못한, 그러나 곧 발견하게 될 것임을 알고 있는 누군가의 실험실 안을 돌아다니는 것과 같을 것이다. '하룻밤 사이에' 성공에 명성까지 획득하는 작가가 있는가 하면, 고되고 매우 긴 과정을 거쳐 바로 그런 작가가 되는 작가들도 있기 때문이다.

1961년 4월, 그로부터 3주 전 자살을 시도했다 실패한 그리고 이내 다시 시도해 성공하게 되는 헤밍웨이는 다음과 같이 썼다.

글쓰기에는 많은 비밀이 있다. 당시에는 아무리 읽어

버린 것처럼 보여도 영원히 잃어버리는 것은 아무것도 없으며, 사라진 것은 늘 다시 나타나 남아 있는 것의 힘이 되어준다.

어떤 사람들은 글쓰기에서는 주기 전에는 아무것도 가질 수 없다고, 또는 서두르면 버려야 할 수도 있다고 말한다. 우리는 파리의 그 이야기들보다 훨씬 나중 그것을 소설로 썼을 때에야 그것을 갖게 될 것이며, 그렇게 되면 버리거나 도난당할 일이 없을 것이다.

'도난'이라는 말을 쓴 것은 단지 우연일까? 아니면 헤밍웨이는 이 말을 쓸 때 그 열차의 객실을, 자신의 첫 번째 아내가 느낀 갑작스러운 갈증을, 가방 안에 쓸모없는 것만 들어 있음을 깨달은 순간 도둑이 아무 데나 버렸을 그 여행 가방을, 그리고 황급히 파리로 갔지만 사본까지 몽땅 사라져버렸음을 확인한 일을 다시 떠올렸을까?

분명 그는 첫 번째 아내를, 그리고 습작 시절의 그 결과물들을 다시 떠올렸을 것이다. 우리 중 그 누구도 영영 읽지 못할 그 작품들을.

1942년 폴란드:

메시아가 삼보르에 왔다

한 남자가 분풀이로 다른 남자의 노예를 죽인다.

여기는 피라미드의 그늘 아래도 아니고 고대 로마도 아니며, 스페인 왕위 계승 전쟁(스페인의 왕위 계승을 둘러싸고 1701~1714년 프랑스·스페인와 영국·오스트리아·네덜란드 사이에 벌어진 전쟁—옮긴이) 이전 루이지애나(당시에는 이곳의 소유권이 스페인에 있었다—옮긴이)의 농장도 아니다. 유럽이다. 때는 1942년, 장소는 드로호비치Drohobycz라는 읽기 힘든 이름을 가진 폴란드의 작은 마을이다. 그 시절에는 그 마을이 폴란드에 속했기 때문에 이렇게 부르지만, 지금은 우크라이나 영토이니 다른 식으로 부를 것이다. 그 두 남자는 나치

장교로, 한 명은 펠릭스 란다우Felix Landau이고 다른 한명은 카를 군터Karl Gunther이다. 두 남자가 서로 자신의 주장을 내세우며 말다툼을 하다가, 군터가 체면을 유지하려고 란다우의 노예, 아니, 피보호자를 살해한 것이다. 그의 그림을 좋아해서 란다우가 돌봐주고, 자기 아이들의 침실에 벽화를 그리게 했던 체구가 매우 작은 폴란드계 유대인을.

그림을 무척 잘 그렸던 그 조그만 유대인 남자는 사실 20세기 폴란드의 위대한 작가였을 뿐 아니라 유럽의 위대한 작가 가운데 한 명이었다. 그의 이름은 브루노 슐츠Bruno Schulz이다.

그는 그때로부터 정확히 50년 전인 1892년, 빈에서 3년을 보낸 것 말고는 거의 떠나지 않고 살아온 바로 그 마을에서 태어나, 《계피색 가게들Cinnamon Shops》(1934)과 《모래시계 요양원Sanatorium Under the Sign of the Hourglass》(1937)이라는 단편집 두 권을 출간했다. 이 책들에서 그는 자신이 살아온 그 작은 마을의 삶을, 그 하찮고 매혹적이고 따분하고 마술적인 세계를 구성하는 무수한 인물들을 우화적이고 몽환적이면서도 불안을 유발하는 고뇌에 찬

정조로 그려냈다.

간단히 말해 샤갈과 카프카를 섞어놓은 것 같은 책들이다.

"체구에 비해 머리가 아주 크고, 너무 소심해서 존재할 용기조차 없으며, 삶에 거절당해 삶의 주변부로 슬그머니 옮겨간, 뾰족한 모자를 쓴 땅속 요정 같은 무척 작은 남자." 이것이 그의 동료이자 친구였던 비톨트 곰브로비치Witold Gombrowicz가 묘사한 슐츠의 모습이다. 이런 것을 친구에 대한 묘사라고 할 수 있다면 말이다. 그렇지만 이 보잘것없고 매력 없는 사람은 정말 대단한 작가였다.

슐츠는 1930년대 중반부터 《메시아The Messiah》라는 소설을 썼다. 저자 본인이 필생의 역작magnum opus으로 여겼지만 1942년 독일 장교 두 명의 어리석은 말다툼 이후 저자와 함께 폴란드 한복판에서 사라져버린 소설이다.

소설가 다비드 그로스만David Grossman은 그의 걸작으로 꼽히는 《사랑 항목을 참조하라See Under: Love》에서 이렇게 쓰고 있다.

내가 브루노에게 관심이 있다는 이야기를 듣고 사람

들이 온갖 자료들을 보내온다. 그에 관해 얼마나 많은 글이 쓰였는지 알면 놀랄 것이다. 대부분 폴란드어로 된 글들이다. 그 글들 덕분에 나는 그의 사라진 소설《메시아》에 관련된 여러 설들을 알게 되었다. 이 소설은 브루노가 매혹적인 산문으로 드로호비치 게토에 메시아를 끌어들이는 이야기 혹은 홀로코스트와 나치 점령기의 브루노 말년에 관한 이야기이다. 하지만 여러분이나 나나 잘 알고 있지 않은가? 브루노의 관심을 끈 것은 삶, 단순한 일상이라는 것을. 홀로코스트는 그에게 광란의 실험실이었다. 인간의 과정을 백 배로 가속화하고 심화한….

그로스만은 이 소설의 일부를 슐츠에게 바쳤다. 이 이야기에 나오는 슐츠라는 사람은 물고기, 아니, 더 정확히 말하면 바다와 강물을 거슬러 회귀하는 연어로 변해버렸지만.

브루노 슐츠의 비범한 인생 이야기뿐 아니라, 그가 쓴 이 사라진 작품도 많은 작가들에게 영감을 주었다. 신시아 오지크Cynthia Ozick도《메시아》와 불가사의하게도 그 작품이 스톡홀름에 다시 나타나는 것에 대한 소설—

여기서 우리는 때로 픽션이 어떻게 현실을 예견하는지를 보게 된다—을 썼으며, 이탈리아 작가 우고 리카렐리Ugo Riccarelli도 《아마도 슐츠라고 불리는 남자A Man Called Schulz, Perhaps》라는 작품을 썼다. 사라진 책이 새로운 책들을 발생시키는 잠재력을 발휘하는 경우가 종종 있다. 다른 작가들로 하여금 그것이 사라진 뒤 생겨난 공백을 채우게 하는 것이다. 그러나 마리오 바르가스 요사Mario Vargas Llosa가 언젠가 말했듯, 작가가 하는 일이란 "그럴만한 이유로 거짓말을 하는 것"이다. 브루노 슐츠를 물고기로 바꿀 때만이 아니라.

그러나 그로스만의 말처럼 《메시아》가 본 사람이 아무도 없는 상태에서 사라져버린 것이 확실한가?

이 질문의 답을 찾기 전에, 애초에 그 책이 정말로 존재했는지부터 확인해보자.

브루노 슐츠는 1934년부터 1939년 사이에 쓴 일련의 편지들에서 그 소설을 집필 중이라고 말했다. 이 편지들을 보면 그 작품이 그에게 정말이지 최고의 소설이었다는 것을 알 수 있다. 그는 굉장히 힘든 시기를 보내고 나서 그 소설을 썼는데, 그가 그렇게 힘들었던 데는 약혼녀 요세피나 젤린스카Josefina Szelinska가 고향을 떠나 바르샤바에 가서 함께 살자고 그를 설득하다 실패한 뒤 그들의 약혼이 깨진 탓도 있었다. 이 일을 계기로 그는 가톨릭으로의 개종을 고려할 만큼 자신의 유대 신앙에 의문을 품게 되었는데, 사실 그는 알지 못했지만, 요세피나 역시 개종자였다. 어쩌면 요세피나와의 관계가 깨진 것이 조상들의 신앙 그리고 아직 오지 않은 메시아에 중요성을 부여하는 유대 문화와 화해하는 계기가 되었을 것이다.

그 소설이 존재했을 뿐 아니라 거의 완성 단계였음을 확인해주는 또 다른 증거도 있다. 슐츠의 친구인 폴란드의 권위 있는 비평가이자 지식인 아르투르 산다우어Artur Sandauer가 1936년 휴가 중에 슐츠가 그 소설의 시작 부분을 자신에게 읽어주었다고 말한 것이다. 대충 다음과 같았다고 한다.

어느 날 아침 어머니가 나에게 메시아가 왔다고, 벌써 삼보르 마을에 와 있다고 말씀하셨다.

삼보르는 드로호비치와 지근거리에 있는 마을이다.

그러니 이 소설은 정말로 존재했던 것이다. 증거가 더 필요하다면 또 있다. 실제로 그 소설의 두 개 장을 읽어볼 수도 있다. 〈책The Book〉과 〈상냥한 시대The Genial Age〉가 《모래시계 요양원》에 독립된 이야기들로 포함되어 있으니까. 그 장들이 완성돼서 그랬는지, 확신이 들어서 그랬는지, 아니면 그저 단편집을 채우기 위해 포함시켰는지는 알 수 없지만. 우리는 이 두 편의 이야기를 통해 그의 다른 소설의 특징과 더불어 그 소설이 분명 지녔을 환상적 차원을 엿볼 수 있다.

그리고 삽화도 있다. 《메시아》에는 슐츠가 직접 그린 삽화가 들어가기로 되어 있었기 때문이다. 이 소설에서는 그림과 글이 이야기의 필수적인 부분으로 공조하게끔 되어 있었기에 '삽화가 들어가다'라는 말이 적절하지는 않지만. 말하자면 글자 이전의avant la lettre 일종의 그림책에서처럼. 그 그림들 가운데 여러 점이 남아 있어서, 소설을 집필 중이었다는 슐츠의 말을 다시 한 번 입증해준다.

또한 슐츠는 1935년 친구이자 동료 작가인 스타니스와프 이그나치 비트키에비치Stanisław Ignacy Witkiewicz와

한 인터뷰에서 자신에게는 글을 쓰는 것과 그림을 그리는 것이 동일한 창조적 충동의 일부였다는 사실을 명확히 밝히고 있다.

> 나의 그림이 나의 산문과 동일한 주제를 표현하느냐는 질문에 나는 그렇다고 답하겠네. 이 둘은 동일한 현실의 다른 측면들을 다루지. (…) 그림은 산문에 비해 테크닉이 제한되어 있는데, 그래서 나는 글에서 나 자신을 좀 더 완벽하게 표현하는 것 같네.

그런데 슐츠의 세계, 그러니까 서유럽 유대인들의 세계와는 매우 동떨어진 구식에 빈곤하고 정적인 세계, 얼마 지나지 않아 나치의 침략에 휩쓸려갈 유대인의 세계를 이해하게 해주는 것은 바로 그 그림들이다. 슐츠는 생전인 1938년에 출간된 그의 단편집 마지막에 실린 〈혜성 The Comet〉에서 이미 그 세계의 운명을 예견한 듯 보인다.

> 어느 날 형이 세상의 종말이 임박했다는 있을 수 없지만 전적으로 사실인 소식을 가지고 학교에서 돌아왔다.

우리는 틀림없이 우리가 잘못 이해했을 거라 생각하고 다시 한 번 말해보라고 했다. 그러나 아니었다.

《메시아》는 존재했다. 여기에는 의심의 여지가 있을 수 없다. 그 소식—'있을 수 없지만 사실인'—, 그러니까 전쟁이 발발했으며 폴란드는 몰로토프-리벤트로프 조약Molotov-Ribbentrop pact에 의해 둘로 나뉘어 한쪽은 소련, 다른 한쪽은 나치 독일에 속하여 유럽의 정치 지형에서 사리지게 될 거라는 소식이 도착했을 때, 그 소설은 완성되었거나 거의 완성된 상태였다. 그 분계선에 따르면 드로호비치는 러시아 쪽이었다.

슐츠는 1939년에 이미 글쓰기를 중단한 것으로 보이며, 소련 점령기 동안 많은 것을 안전한 곳으로 치웠다. 특히 동료이자 친구인 카지미에르즈 트루차놉스키Kazimierz Truchanowski에게 맡겼는데, 《메시아》의 원고도 그에게 맡겼을 거라고 생각하는 사람도 있다. 슐츠 본인은 줄곧 그렇지 않다고 부인했지만.

그러다 1941년 8월 독일이 소련을 침공하면서 드로호비치는 나치의 지배하에 들어가게 되었다. 그 이후 슐츠가 자기 소설을 어떻게 했는지에 관한 설들이 급증한다. 타이핑한 원고를 정원에서 불에 태웠다는 설도 있고, 벽 속에 숨겼다는 설도 있다. 또 타일 바닥 밑에 숨겼다고 주장하는 사람들도 아직 있다. 이 외에도 여러 가지 설이 있는데, 많은 유대인 작가들이 그런 식으로 자신이 쓴 글들을 숨겼기 때문이다. 적어도 그렇게 황급히 숨긴 원고 한 편이 수십 년 후 발견되었는데, 본론에서 벗어나는 에피소드이긴 하지만 이야기하는 것도 괜찮을 것 같다.

1978년 폴란드의 라돔Radom에서 건물을 재건축하던 중 인부 두 사람이 벽을 부수다가 벽 속에서 이디시어 글이 쓰인 종이들이 담긴 병 하나를 발견했다. 그 글을 쓴 사람은 나치의 박해에서 살아남지 못한 심하 구테르만Simha Guterman이라는 사람이었다. 그는 나치 치하 폴란드 유대인들의 삶을 다룬 소설을 썼고, 그 원고를 여기저기에 조금씩 숨겼다. 그리고 나중에 되찾을 수 있도록 그 위치를 아들 야코프Yakov에게 가르쳐주었다. 야코프는 전쟁에서 살아남아 이스라엘로 이민을 갔다가 다시 폴란드로 돌아왔는데, 아버지가 말해준 곳들을 찾을 수 없었다. 기억이 정확하지 않은 탓도 물론 있었지만, 전쟁 동안 나라

대부분이 파괴되어 재건한 탓이 더 컸다. 그런데 30년 후 인부들이 종이가 가득 담긴 병을 발견하고 다른 쓰레기와 함께 버리지 않은 덕분에 숨겨둔 원고들의 한 부분이 모습을 드러낸 것이다. 그리하여 오늘날 적어도 그 소설의 일부분은 읽을 수 있게 되었다.

그러나 《메시아》는 드로호비치의 어느 재건축 현장에서도 모습을 드러내지 않았으며, 폴란드의 시인이자 학자인 예르지 피콥스키Jerzy Ficowski가 오랫동안 끈질기게 수집한 슐츠의 수많은 물건들(전후 슐츠를 재발견하는 데 기여한 서신과 그림, 노트들) 중에도 그가 쓴 그 유일한 소설은 발견되지 않았다.

* * *

지금까지 내가 언급한 사실 중 많은 것이 프란체스코 카탈루치오Francesco Cataluccio 덕분에 알게 된 것들이다. 그의 저서 《저쪽은 사정이 더 나은지 보겠어I'm Going to See If Things Are Better Over There》가 증명하듯, 그는 열정적이고 통찰력 넘치는 폴란드 문화 연구가로, 오랜 세월에 걸쳐 브루노 슐츠에 관해 알아낸 모든 것을 나와 공유했다. 하지만 그가 나에게 말해준 가장 놀라운 소식은 최근 우리가 나눈 대화 중에 나왔다.

이미 말했듯이, 신시아 오지크의《스톡홀름의 메시아 The Messiah of Stockholm》는 슐츠와 그의 사라진 소설을 다룬 책들 가운데 하나다. 이 소설은 1987년에 출간되었는데, 미국인 작가 오지크는 소설 속에서 자신이 슐츠의 아들이라고 믿는 한 남자가《메시아》의 원고를 갖고 있다고 주장하는 이상한 여자와 함께 스톡홀름의 어느 고서점과 접촉하는 상상을 한다. 결국 그 원고는 다시 사라지고—아니, 정확히 말하면 그 원고가 가짜라고 생각하는 사람이 태워버린다—, 주인공은 그것이 정말 그 원고였을지 계속 자문한다.

1990년대 초 소련 제국이 몰락하고 몇 년 후, 역사가 브로니스와프 게레멕Bronisław Geremek(당시 폴란드의 외무부 장관이었다)이 한 스웨덴 외교관이 자신에게 놀라운 제안을 해온 이야기를 프란체스코 카탈루치오에게 들려주었다고 한다. 내용인 즉, 그 스웨덴 외교관은 키예프 Kiev(이제 드로호비치는 우크라이나의 일부라는 사실을 기억하

시길)에서 전 KGB 요원, 아니, 그랬다고 주장하는 사람의 연락을 받았는데, 그 사람이 브루노 슐츠가 쓴《메시아》의 타이핑 원고가 비밀경찰 문서보관실에 있다면서 스웨덴 정부에서 관심이 있거나 폴란드 정부에 다리를 놓아 줄 수 있다면 기꺼이 그 원고를 팔겠다고 했다는 것이다. 이야기를 전해들은 게레멕은 그 원고가 진짜인지 알아보려고 타이핑된 원고의 한 페이지를 얻어내 예르지 피콥스키를 비롯한 전문가들에게 검증을 맡겼다. 그 원고가 진짜《메시아》의 일부일 수 있다는 것이 전문가들의 의견이었다. 스웨덴 외교관은 그 원고를 취득하는 데 필요한 기금을 받아 우크라이나로 갔다.

사실 그 외교관은 타이핑된 원고를 손에 넣었을지도 모른다. 또 손에 넣지 못했을지도 모른다. 우리로서는 확실하게 알 수가 없다. 돌아오던 길에 충돌사고가 발생해 그가 탄 자동차에 화재가 나서 그 외교관과 운전사 둘 다 사망했기 때문이다.

어쩌다 사고가 발생했는지, 그것이 정말 사고였는지, 아니면 더 불길한 일이었는지는 알 수 없다. 자동차 안에 타이핑된 원고가 실려 있어서 오지크의 소설에서처럼 불에 탔는지 어쨌는지도 알 수가 없다. 또 그 외교관이 결국 빈손으로 돌아왔는지 어쨌는지도. 만약 빈손이었다면 그 원고가 어딘가에 존재할 가능성이 아직 있는 것이다. 물론 그 모든 일이 사기, 그러니까 혼란스러웠던 격동의 시절에 미국 달러 좀 만져보려는 생각에 날조된 일이 아니었을 경우에 말이다.

이후로도 자신이 그 원고를 갖고 있다며 피콥스키나 슐츠의 저작권 관리자(스위스에 살고 있는 슐츠의 형의 아들)에게 연락을 해온 사람들이 많이 있었다. 그러나 하나같이 다 허황된 이야기였다.

1852년 모스크바:

스텝 지대의 신곡

지금까지 다룬 책들은 책이 사라진 책임이 사실상 저자에게 있거나 앞으로 맬컴 라우리의 사례에서 보게 되듯 저자의 부주의 탓이었다. 저자가 본의 아니게 공모한 경우는 없었다.

그러나 지금부터 내가 이야기할 책은 저자의 완벽주의 때문에 사라졌다. 다시 말해, 이전의 모든 사람들 그리고 모든 것보다 뛰어난 작품, 비할 데 없는 걸작을 세상에 내놓으려는, 필연적으로 좌절하게 되어 있는 갈망 때문이었다. 흠 잡을 데 없이 완벽한 예술작품, 자신의 문학관과 도덕관을 결합할 수 있는 작품을 내놓으려는 욕망, 결국에는 창작의 비극뿐만 아니라 인간적 비극까지 초래하고야 마는 그 욕망 말이다.

나는 니콜라이 고골의 이야기를 하고 있는 것이다. 19세기 러시아의 위대한 문학가 가운데 한 명으로, 〈외투〉와 〈코〉 같은 잊지 못할 단편들과 《죽은 혼》 같은 장편소설을 썼던 작가 말이다. 지금부터 이야기하려는 희생된 작품이 바로 《죽은 혼》이다.

《죽은 혼》은 어느 서점에나 있지만 그 제목으로 우리가 읽을 수 있는 책은 사실 훨씬 더 방대하게 구상되었다. 현재 우리가 접하는 작품은 훨씬 더 길었어야 할 원작의 1부일 뿐이다. 2부 가운데 5개 장章이 남아 우리가 흔히 보는 부록으로 포함되어 있지만, 사실 그 장들은 작품에 만족하지 못한 작가가 버린 초고이다. 애초 고골의 구상에 따르면, 그 소설은 지옥편, 연옥편, 그리고 천국편의 3부로—스텝 지대의 《신곡》처럼—구성되어야 했다.

고골 생전에 출간된 1부에서는 주인공 치치코프가 '죽은 혼들'—죽어서 더 좋은 세상으로 갔지만 호적에는 남아 있어 결과적으로 소유주들이 계속 세금을 내야 했던 농노들—을 매집하려고 러시아의 소도시에 나타난다. 죽은 농노들을 사서 대관절 뭘 하려고? 왜 그들을 있는 대로 사 모으는 거지? 다들 알고 싶어한다. 그러면서도 모두들 세금을 아끼기 위해 죽은 농노들을 기꺼이 팔아 이득을 챙긴다. 치치코프 역시 투자금과 생활 자금을 조달하기 위해 존재하지도 않는 그 혼들을 저당 잡혀 상당한 이익을 취한다.

고골은 푸시킨Pushkin에게서 들은 악명 높은 사건을 토대로 이 소설을 썼는데, 나중에 푸시킨은 친구가 그 이야기를 창조적으로 도용한 사실에 다소 약 올라했다고 한다.

《죽은 혼》의 1부는 1842년에 출판되었다. 원래 제목은 '치치코프의 모험 혹은 죽은 혼The Adventures of Chichikov, or Dead Souls'이었다. 검열 때문이었다. 사전적 정의상 혼은 불멸인데 '죽은'이라는 형용사를 붙였으므로, 부제로 격하하는 편이 더 나았던 것이다. 소설은 대성공을 거두었다. 사실 이 소설은 뭐라고 특징지을 수 없는 작품이었다. 탁월하고 아이러니하고 그로테스크하면서도 사실적이었다. 그러니까 이 모든 성격을 동시에 갖고 있었다. 또한 극찬과 맹렬한 비난을 동시에 받았다. 진보적인 문단으로부터는 극찬을, 반동적인 비평가들로부터는 비난을.

자신의 재능과 그 중요성에 이미 상당한 자부심을 느끼고 있는 터에 그런 찬사를 받게 되자, 고골은 자신이 모든 사람들 가운데 가장 위대하다고 생각하기 시작했다. 자신은 러시아 사람들을 올바른 길로 인도하기 위해 보내진 일종의 문학적 메시아라고 말이다. 어쩌면 그는 이런 생각 때문에 길을 잃게 되었을 것이다.

완벽주의와 자해self-sabotage 성향. 고골에게는 늘 이런 성향이 있었다. 겨우 열여덟 살에 조그만 지방 잡지에 긴 시를 발표하고는 부정적인 비평에 부딪치자 그 잡지를 닥치는 대로 사서 모조리 불태워버렸다.

그러나 《죽은 혼》의 경우는 그가 존경하는 비평가들로부터 부정적인 평가를 전혀 받지 않았을 뿐 아니라, 오히려 차기작에 대한 기대가 너무도 높았다. 고골은 잠시 멈추고 생각을 정리하며 때를 기다리기로 했다.

그는 유럽으로 여행을 떠났다. 특히 독일과 이탈리아를 돌면서 글을 썼는데, 떠날 때면 그동안 쓴 것을 없애버렸다. 자신의 펜 끝에서 나온 것은 완벽하게 만족스러울 수 없다는 듯 쓰고 버리고 또 썼던 것이다. 그 5개의 장이 살아남은 것은 1845년경 고골이 또다시 붙인 해방의 모닥불에서 어찌어찌 살아남은 다른 초고들과 혼동했기 때문인데, 어떻게 해서 그런 일이 벌어졌는지는 나는 물론이고 고골을 잘 아는 학자들도 설명하기 어렵다. 비록 어떤 이들은 그런 불은 피워진 적이 없다고, 그 5개의 장은 저자가 잊어버린 문서철에서 나왔을 뿐이라고 주장하지만.

어쨌든 이 러시아 작가가 자신이 종이에 남긴 것에 결코 만족하지는 못했지만 계속 글을 쓰고 있었다는 사실에는 의심의 여지가 없다. 가령 1849년 알렉산드라 스미르노바Alexandra Smirnova라는 사람의 집에서 그 소설 2부의 새로 쓴 초고 가운데 몇몇 장이 낭독되었다는 증언이 있다. 좀 더 정확히 말하면 러시아 특유의 방식으로 푸시킨이 자신의 시 〈유진 오네긴Eugene Onegin〉을 소설이라고 불렀듯 고골이 시라고 불렀던 작품이.

간략히 말해 단 하나 확실한 것은 원고가 여러 개인데다 계속 여행을 다니느라 고골의 심신의 건강이 오르락내리락해서 정신이 없는 와중에 어느 순간 《죽은 혼》의 2부가 사라졌다는 것이다.

고골이 죽기 열흘 전인 1852년 2월 11일에서 12일로 넘어가는 밤(당시 러시아에서 쓰이던 정교회 달력에 따른 시간으로, 우리가 쓰는 달력과는 열흘 차이가 난다. 그러므로 10월 혁명도 실제로는 11월에 일어났다고 보아야 한다) 모스크바. 고골은 친구 집에 손님으로 와 있다. 친구는 톨스토이 백작이라는 사람으로, 동명의 그 작가는 아니다. 이 자리에서 일어난 일에 대해 이야기해준 단 한 사람은 바로 그의 하인이다. 바이런의 회고록이 어떻게 해서 사라진 것인지 진술하기 위해 프랑코 부포니가 만들어낸 그런 하인이 아니라 실제 하인. 세묜Semyon이라 불린 그 어린 하인은 당시 겨우 열세 살이었다.

세묜이 한 이야기를 우리가 그대로 믿는다면, 그것은 몹시 가슴 아픈 이야기일 것이다. 고골은 하인에게 서류철을 가져오라고 한 다음, 거기서 끈으로 묶은 500페이지 가량의 종이 뭉치를 꺼낸다. 그리고 하인이 보는 앞에서 난로(벽난로였던가?) 뚜껑을 열고 불 속에 던진다. "주인님! 뭐 하시는 거예요? 그만두세요!" 세묜이 외친다. 그러자 고골은 퉁명스럽게 대꾸한다. "너는 상관 말고 기도나 해라!" 하지만 끈으로 단단히 묶인 종이 뭉치는 타지 않는다. 그래서 고골은 난로 혹은 벽난로에서 그것을 다시 꺼내 끈을 풀고 한 번에 몇 장씩 촛불로 불을 붙여 태운다. 그렇게 하니 종이들이 잘 탄다. 종이들이 다 타자 고골은 침대 위에 몸을 뻗고 울기 시작한다.

1852년 모스크바의 그 방에서 일어난 일을 포함해 이 사례와 관련해 나에게 많은 정보를 제공해준 이는 러시아의 모든 것을 연구하는 탁월한 학자 세레나 비탈리Serena Vitale이다. 그녀는 나에게 "19세기와 20세기 러시아 문학사에는 저자의 불만족이나 검열을 이유로 원고를 불태우는 일이 간간이 등장하는데, 고골이 그 첫 번째 사례"라고 말했다. "도스토옙스키Dostoyevsky(《백치The Idiot》의 초고)도, 파스테르나크Pasternak도, 불가코프Bulgakov도, 안나 아흐마토바Anna Akhmatova도 그랬다"면서.

그런 다음 그녀는 고골의 그 문학적 화재를 굉장히 상징적으로 해석한 마리나 츠베타예바Marina Tsvetaeva의 말을 인용했다.

> 시인? 잠든 사람. 잠에서 깬 사람. 세레메테프Seremetev의 어느 집 난로에 원고를,《죽은 혼》의 2부를 불태운 매

부리코에 창백한 용모를 한 그 남자. (…) 그 난로에서 보낸 반시간 동안 고골은 선을 위해 그리고 악에 대항해 톨스토이가 한 다년간의 설교보다 더 많은 일을 했다.

그 화재가 선을 위하고 악(즉 예술)에 대항하는 행위인 이유는 신비주의적이고 종교적인 위기, 고골이 시달렸던 압도적인 신경증과 관련이 있었기 때문이다. 그 신경증은 그의 문학적 불만과 더불어 자기혐오를 낳았으며, 그런 자기혐오 때문에 고골은 마트베지 콘스탄티놉스키Matvej Konstantinowski라는 엄격한 대사제의 지도하에 금욕 의식과 금식을 행했다. 그 사제는 마지막 황제 치하에서 라스푸틴이 등장했을 때 절정에 이른, 러시아인들의 삶에 간간이 끼어드는 권력자와 예술가들의 수많은 수호자들 가운데 하나였다.

그리하여 상황이 명확해진다. 《죽은 혼》의 2부를 없애기로 한 그의 결정의 뿌리에는 엄청난 문학적 야망, 다시 말해 그 작품이 러시아 문학의 불멸의 걸작이 되어야 한다는 생각뿐 아니라 교화의 욕망, 즉 러시아 국민의 도덕적 재건에 바쳐질 대성당을 세우려는 욕망이 도사리고 있었던 것이다.

그리고 그로 인해 고골은 근본적인 문제에 봉착하게 된다. 범인들의 지옥을 그로테스크한 리얼리즘으로 묘사할 수 있었지만, 스텝 지대의 연옥과 천국은 동일한 문학적 수단으로 어떻게 묘사할 수 있는가 하는 문제 말이다.

설상가상으로 콘스탄티놉스키가 예술을 포기하라고, 타락하고 불완전한 문학의 세계를, 건전한 신앙과 정반대되는 그 황당한 악폐를 버리라고 거듭 종용했던 것으로 보인다. 그리고 고골은 결국 그의 말을 따랐을 것이다.

고골이 그런 결정을 내리기까지는 그리스 정교, 러시아 전제군주제, 독재정치라는 3종 세트를 신봉하는 주변의 슬라브주의자들 무리도 상당한 역할을 했다. 결국 고골과 맞지 않는 지형이었던 정치로 그를 이끌어 황당한 정치 논문을 쓰게 만들었던 그 반동적인 숭배자들 무리 말이다.

《죽은 혼》의 사라진 원고가 파기된 데는 그의 신앙의 위기와 그가 반反서유럽 이데올로기에 심취한 것(로마에서 훨씬 잘 지냈으면서도…)이 원인으로 작용했을 수도 있다.

그러나 그 원고가 사라진 데 대해서는 다른 설들도 있

다. 가령 러시아 쪽 설에 따르면, 그가 없애려던 초고와 그 다음 수정본을 혼동해서 태워버렸다고 한다(원고가 너무 많이 쌓이다 보면 그런 일이 일어난다는 것이다!). 하지만 아무리 건강이 좋지 않았다 해도 그런 일까지 저질렀을 것 같지 않아 믿기 힘든 설이다. 그렇게 원고를 불태운 뒤 고골은 열흘을 더 살지만, 그 기간은 극도의 고통이 연장된 것에 불과했다. 극도의 절망 상태에 빠져 음식에는 손도 대지 않으려 했으며, 의사들의 쓸데없는 치료(차가운 물이 담긴 욕조에 집어넣고 몸에 거머리를 붙이는 등)에 시달렸다.

다른 설에 의하면, 원고를 태운 일은 아예 없었다고 한다. 애초에 태울 원고가 없었으니까. 하인이 그 모든 이야기를 지어냈다는 것이다. 또 다른 설은 매사에서 음모를 보는 러시아 전통에 따라 고골의 적들이 원고를 없앴다고 단언한다. 어떤 적들이? 무슨 이유로? 그의 개종이 그것과 일치하지 않는, 아니, 모순되기까지 하는 그의 글 때문에 더럽혀지기를 원치 않은 반동적 슬라브주의자들이 가져갔을까? 아니면 사기꾼 같은 민주주의자들이 러시아의 시골과 러시아 정교에 바치는 그 찬가를, 세속화된 서구의 적들에게 바치는 그 송가를 없애버린 걸까?

만일 그렇다면(내가 다루고 있는 사라진 책들과 관련해 이런 설들을 접한 것이 이번이 처음은 아니다) 그 원고가 어딘가에 아직 존재할 것이다. 지금은 숨겨져 있지만 조만간 세상에 다시 나오게 될 것이다.

세레나 비탈리는 "나는 그런 말을 믿지 않아요"라고 하더니, 웃으며 이렇게 덧붙였다. "하지만 정말 그런 날이 온다면 설령 내가 죽은 후라도 그 원고를 읽기 위해 저세상에서 다시 돌아올 거예요."

질문이 하나 남아 있다. 그것은 완성작이었을까, 아니면 미완성작이었을까?

고골과 관련해서—그의 광적인 완벽주의, 자신이 쓴 글을 끊임없이 의심하면서 고치고 또 고치는 성향을 감안하면—실제로 끝난 것은 아무것도 없다. 그가 공개적으로 낭독을 했다는 증언들이 그가 그런대로 만족했던 몇 장만을 언급하고 있는 것은 놀랍지 않다. 그래도 나는 그가 죽을 무렵 《죽은 혼》의 2부가 실질적으로 존재했다고, 거의 완성 단계였다고 확신한다.

그러므로 종교적 위기와 정치적 음모 외에 그가 그 원고를 파기한 진짜 동기, 고골의 내밀한 성격에 가장 부합

하는 동기는 그가 자신의 매력적인 반反영웅 악당 치치코프를 구원할 방법을 찾지 못했다는 것이다. 그러니까 '선한' 인물들에게 사실성을 부여할 방법을, 그들을 설득력 있게 묘사할 방법을 찾지 못했다는 것이다. 구제할 길 없는 사기꾼들을 묘사하는 능력, 위대한 러시아의 작은 괴물인 시골 지주들의 범용함을 보여주는 능력이 빛을 발할수록, 바르고 정의로운 사람을 묘사하는 능력은 약해졌던 것이다. 마치 그런 청렴함을—그 자신도 그것을 열망했건만—기술하려 했을 때 그의 말문이 막혀버린 것처럼. 소설 속에서 치치코프가 현명하고 유능한 대지주 코스탄조글로Kostanzoglo를 만났을 때 말문이 막히듯.

그러니 그것은 도스토옙스키가 봉착한 것과 같은 문제가 아니었을까? 위대한 범죄자들을 설득력 있게 묘사했던 것처럼 선한 이들도 설득력 있게 묘사하고자 했을 때 겪게 된 그 어려움 말이다. 사람을 교화하려는 간절한 열망을 지닌 사회주의 리얼리즘이 해결하지 못하는 바로 그 문제 말이다.

결국 톨스토이가 옳았는지도 모른다. 그는 1857년 8월 28일 자 일기에 이렇게 썼다. "《죽은 혼》의 2부를 읽었다.

어설펐다." 톨스토이는 분명 그 첫 5개 장에 대해 말하고 있다. 고골이 그 문제를 해결하기 위해 어떤 시도를 했는지 평가할 수 있는, 우리가 지닌 유일한 텍스트 말이다. 그리고 나는 아직은 톨스토이처럼 가치 있는 작품이 아니라고 일축해버리고 싶지는 않다.

당시 고골이 처했던 상황을 간단하게 요약해도 된다면, 그의 종교적 이상이 그 작품을 몰락 이후의 구원이라는 단테적 사고로 이끌었으며, 예술에 대한 충성심이 그 자신이 설정한 높은 기준에 도달하지 못한 것은 모두 파괴하도록 그를 밀어붙였다고 말하고 싶다.

그러니 츠베타예바에게 이렇게 답변할 수 있을 것이다. 《죽은 혼》이 불탄 주된 이유는 예술이었을 거라고. 그렇다 해도 고골을 잘 안다면, 아무리 그렇게 됐어도 그 사라진 페이지들에는 엄청난 재능의 흔적이 담겨 있었을 거라고.

츠베타예바 또한 이렇게 쓰고 있다.

> 어쩌면 《죽은 혼》의 2부는 우리를 납득시키지 못했을 것이다. 하지만 분명 즐거움은 주었을 것이다.

1944년 브리티시 컬럼비아:

판잣집에서 사는 것은 쉽지 않다

저주받은 시인poète maudit(이른바 데카당스 시인—옮긴이)이라는 패러다임은 없애기 힘들다. 과도함과 모험으로 가득 찬 엉망진창의 삶을 산다는 것은 무엇이 경이로움인지를 아는 재능 있는 사람에게 가능한 것이라고 믿는 사람들이 아직도 많다. 뮤지션들을 생각해보면 된다. 특히 재즈 뮤지션들과 1960년대, 1970년대의 록 스타들을. 그들 중에는 인습에 저항하는 삶이 부르주아적 삶보다 본질적으로 더 흥미로우며 술과 약물이 창조성에 긍정적 영향을 미친다고 확신했다가 그 정반대라는 사실을 깨닫게 된 사람들이 너무나 많다. 처음에는 행복감과 창조성이 커진 것 같았지만, 이내 우울과 마비 상태, 신체의 쇠약이 이어졌던 것이다. 우리는 이런 이야기를 얼마나 많이 들었던가. 빅스 바이더벡Bix Beiderbecke에서 찰리 파커Charlie Parker에 이르기까지, 재니스 조플린Janis Joplin에서 지미 헨드릭스Jimi Hendrix에 이르기까지.

작가들도 마찬가지이다. 폭풍과도 같은 그들의 인생 역시 흔히 문학적 재능의 소진으로 막을 내리므로. 혹은 그런 삶 때문에 명성 아닌 명성을 얻었다고 볼 수도 있다.

일상의 경계를 벗어나는 그런 무질서하고 혼란스러운 삶은 흔히 그런 삶을 산 사람들의 작품에 파괴적 결과를 초래했다. 효율적으로 글을 쓰는 작업 방식을 확립하거나 일단 시작한 작업을 끝내기가 힘들었을 뿐 아니라, 그렇게 혼란스러운 상태에서는 상대적으로 작품이 훼손되거나 사라지기도 쉬웠기 때문이다. 자기 파괴적 성향은 자신이 창조한 것을 보존하고자 하는 욕구를 불러일으키기 어렵다.

맬컴 라우리도 이런 저주받은 비운의 예술가들 범주에 들어갈 것이다. 이제는 전설이 되어버린 그의 음주 습관,

그리고 어떤 이들에 따르면 심지어 그것이 그의 문체와 밀접하게 연관되어 있다는 사실 덕분에. 그러나 그가 알코올 중독이라서 글을 더 잘 쓸 수 있었다는 생각에는 라우리 본인도 결코 동의하지 않았을 거라고 지금도 나는 확신한다. 오히려 알코올 중독은 사춘기 시절부터 그를 괴롭혀온 실존적 불안의 결과였으며(그는 열네 살 때부터 술을 과하게 마셔댔다), 글을 쓰는 것은 벗어날 길 없는 그 끔찍한 알코올 중독에 맞서는 나날의 투쟁이었다. 그러니까 그의 힘겨운 실존에는 분명 자신과 자신의 글에 대한 파괴적 성향이 잠재해 있었던 것이다.

라우리가 생전에 출간한 책은 《울트라마린Ultramarine》과 누구나 그의 가장 훌륭한 작품이자 이론의 여지없는 걸작으로 치는 《화산 아래에서Under the Volcano》, 단 두 권이다. 사후에 다른 작품들이 출간되었지만, 그것은 미완성 원고와 초고를 묶은 것으로 저자가 다시 쓰려고 했던 원고들이다. 하지만 또 다른 작품, 1000페이지가 넘는다는 《바닥짐만 싣고 백해로In Ballast to the White Sea》라는 소설은 사라진 것이 분명해 보인다. 왜 그렇게 '보이는'지는 결론 부분에서 설명하겠다.

라우리는 부유한 면화상의 아들로, 1909년에 태어났다. 어려서부터 그는 가족을 기쁘게 하려는 노력—열다섯 살에 전국 주니어 골프 대회에서 우승했고, 그 뒤에는 어머니의 소망에 따라 케임브리지 대학에 들어갔으며, 가족 회사에서 일하라는 아버지의 결정도 거부하지 않았다—과 선원으로서 상선을 타고 바다로 나가게 만든 독립성 그리고 초연함을 향한 갈망 사이를 오갔다. 그는 여행지 중 한 곳이었던 오슬로에서 자신의 첫 소설《울트라마린》에 영감을 준 특이한 노르웨이의 스탈린주의자 노르달 그리그Nordahl Grieg라는 시인을 만났다. 이 소설이 그리그의 작품을 표절한 것이라고 주장하는 사람들이 있는데, 라우리 본인이 그 스칸디나비아 작가에게 보내는 편지에서 다음과 같이 말한 탓이기도 하다.

> 《울트라마린》은 대부분 당신이 쓴 글에 대한 주석이거나 표절 또는 패러디입니다.

라우리는 이 첫 번째 소설도 한바탕 술을 마시고 다시 한바탕 술을 마시려다 잃어버리고 말았다. 아니, 좀 더 정확히 말하면 원고가 든 여행 가방을 술집 앞에 세워놓은 출판업자의 컨버터블 자동차 뒷좌석에 던져놓았는데, 누가 그 여행 가방을 훔쳐갔다. 그러나 운이 좋았는지 그 소설의 최종본을 타이핑해두었으며, 자신이 어떤 인물을 상대하고 있는지 잘 알았던 친구가 라우리의 집 쓰레기통에서 찾아놓은 사본을 내놓았다.

라우리는 영국으로 돌아와 케임브리지 대학에서 학업을 마친 후 다시 탈출했는데, 이번에는 유럽 대륙이었다. 그는 스페인에서 작가인 얀 가브리얼Jan Gabrial을 만났고, 1934년 파리에서 그녀와 결혼해 멕시코와 미국으로 함께 여행을 갔다. 이렇게 계속 떠돌아다닌 것은 치유할 길 없는 불안의 명백한 외적 징후였다.

그들은 깊이 사랑했지만, 가브리얼은 결국 그와 헤어지기로 결정했다. 나중에 그녀가 설명한 바에 따르면, 그와 함께 사는 것은 엄마와 간호사의 중간 역할을 하지 않는 한 불가능했는데, 자신은 그중 어느 쪽도 적합하지 않았다고 한다. 1937년쯤 그들의 이야기는 이미 끝난 짧은 이야기가 되어버렸다. 그런데도 라우리는 그녀를 잃고 혼자가 된 슬픔에서 회복되지 못했다. 《화산 아래에서》를 읽다 보면 그녀가 그의 인생의 사랑이었음을 분명히 알 수 있다.

1938년 얀이 그를 버리고 다른 사람과 함께 떠난 후, 홀로 남은 라우리는 멕시코를 떠나(좀 더 정확히 말하면 멕시코에서 추방되어) 로스앤젤레스로 갔다. 여전히 글쓰기와 알코올 중독이라는 악령들에게 시달리는 채였다. 그는 그곳의 한 호텔에서 살았는데, 아들에게 돈을 보내면 술로 탕진한다는 것을 안 아버지가 호텔 숙박비를 직접 지불했다. 라우리는 로스앤젤레스에서 두 번째 아내가 되는 마저리 보너Margerie Bonner를 만났다. 어렸을 때 무성영화 배우였고 장차 작가가 되려는 꿈을 갖고 있던 그녀는 가브리얼은 보여주지 않았던 일편단심으로 라우리가 죽을 때까지 그를 성심껏 보살핀다.

그들은 로스앤젤레스에서 밴쿠버로 주거지를 옮겼고(아니나 다를까, 마저리는 라우리가 캘리포니아에 두고 온《화산 아래에서》의 타이핑 원고를 가지고 와서 그와 합류했다), 거기서 브리티시 컬럼비아British Columbia에 있는 달러튼Dollarton이라는 마을로 가서 1940년부터 1954년까지 불법 거주자들이 기거하는 판잣집에서 전기도 수도도 없이 살았다.

그런데 1944년에 그 집이 불타 무너지면서, 라우리가 9년간 작업한 《바닥짐만 싣고 백해로》의 하나뿐인 원고가 사라진다. 다시 시작할 엄두도 못 낼만큼 노력과 헌신을 쏟아 부은 작품이었다.

그는 일종의 술에 취한 '신곡', 《결코 끝나지 않는 항해The Voyage that Never Ends》라는 제목의 3부작 소설을 쓰겠다는 엄청난 구상을 가지고 글을 쓰고 있었다.

《화산 아래에서》가 그의 '지옥편'(어쨌거나 연기를 내뿜는 포포카테페틀Popocatepetl 산 정상보다 더 지옥 같은 곳이 어디 있겠는가)이었다면, 《바닥짐만 싣고 백해로》는 '천국편'이었다. 여기에는 화산의 불과 대조되는, 정화와 해방을 상징하는 물이 있었다. 세 번째 소설이 '연옥편'이 될 예정이었는데, 이 작품은 그의 사후인 1968년에 미완성 상태로 《질산은Lunar Caustic》으로 출간되었다가, 최근 제목을 바꿔 《소용돌이 흔들기Swinging the Maelstrom》로 다시 나왔다.

라우리의 천국은 '바닥짐만 싣고 백해로'라는 제목이 시사하듯 해양 천국이다. '바닥짐만 싣고 백해로'라는 말은 배가 짐 없이 배의 중심을 잡는 데 필요한 중량Ballast만 싣고 백해를 향해 항해한다는 뜻이다. '백해The White Sea'는 얼어 있는 바렌츠 해Barents Sea의 남쪽 입구로, 주변이 모두 러시아 영토이며 해안에서는 아르한겔스크Archangelsk라는 도시가 눈에 들어온다. 그리고 이것은 서신 또는 다른 출처에서 나온 정보들과 함께, 이 소설의 토대가 라우리가 노르달 그리그와의 만남에서 얻은, 그리고 《울트라마린》을 쓰는 동안 그의 마음을 사로잡았던 동일한 정치적-실존적 신화라는 사실을 알려준다.

어떤 이들에 따르면, 라우리의 기본 구상은 케임브리지 지식인들의 영국 사회주의와 그 노르웨이 시인의 북유럽 신화적 비전을 결합하는 것이었다고 한다. 라우리가 그토록 두려워했던 나치가 도용한 아리안 신화에 비춰볼 때, 어쩌면 양립될 수 없는 그 두 요소를 말이다. 하지만 전성기의 라우리는 대가답게 능숙한 방식으로 그것을 피했고, 덕분에 충분히 가치 있는 특이한 요소를 산출해낼 수 있었다.

오타와 대학 출판사Ottawa University Press의 웹사이트를 보면(왜 하필 이곳인지는 뒤에 가면 알게 될 것이다) 이 소설의 주인공은 작가가 되고 싶어하는 케임브리지 대학 학생인데, 자신의 책 그리고 어떻게 보면 자신의 인생까지도 어느 노르웨이 작가가 이미 써놓았다는 사실을 알게 된다. 《울트라마린》에서 라우리가 그리그에게 한 일을 기발하게 뒤집어놓은 것 아닌가!

다른 한편으로 그 소설이 1000페이지 분량이었다면 분명 이보다 훨씬 많은 것들이 담겨 있었을 것이고, 늘 그랬듯 라우리 특유의 현란한 언어 곡예가 동반되었을 것이다.

문제는 9년이 지나도 그 소설이 완성되지 않았다는 것이다. 어쩌면 라우리 같은 악마적인 작가가 자신의 천국을 묘사하려 했을 때 봉착했을 어려움, 우리가 고골에게서 본 동일한 어려움 때문이었을 것이다. 그러한 어려움 때문에 그 책을 쓰는 데 그토록 많은 시간이 걸렸을 것이며, 쓰고 또 쓰느라 원고량이 엄청나게 많아졌을 것이다. 그러다 1944년에 달러튼의 그 판잣집이 불타버린 것이다.

몇 년 전 내 친구 두 명이 달러튼에 갔다. 산드로 베로네시Sandro Veronesi는 기사를 쓸 목적으로, 에도아르도 네시Edoardo Nessi는 순전히 그 영국 작가에 대한 열정 때문에 자비를 들여서 갔는데, 둘 다 작가로 라우리의 열렬한 숭배자들이었다. 그들은 《바닥짐만 싣고 백해로》에 대해 나에게 이야기해주며 잃어버린 책들을 찾아 나선 나의 여정에 이 작품을 포함시키라고 강권했다.

산드로가 세상의 끝자락 중 하나인 그곳을 찾아간 원정에 대해 이야기해주었다. 라우리를 떠올리게 하는 것은 한때 그가 산 판잣집이 있던 곳에 세워진 추모비 말고는 아무것도 없었다고 했다. 밴쿠버 근처 버러드Burrard 만灣, 라우리는 거기서 거의 15년을 살았다. 글을 쓰고, 술을 덜 마시려고 애쓰고, 얼어붙을 것 같은 바다에서 수영을 하면서. 해변과 키 큰 나무들 말고는 아무것도 없는 그곳은 세상의 가장 서쪽이었으며 나치즘에서 가장 멀리 떨어진 곳이었다.

산드로는 말했다. “우리가 뭘 찾기를 기대했는지 누가 알겠어. 하지만 우리가 도착했을 때 거기에는 정말 아무것도 없더군. 포Po 강(이탈리아 중북부의 강—옮긴이)가에 있는 것과 같은 판잣집들뿐이었어. 살기 위한 집이 아니라 그물 낚시를 하기 위한 곳 말이야. 그런데도 그는 거기서 무척 오래 살았지. 마치 성녀 같은 마저리의 보살핌을 받으면서. 거기서는 그에게 술을 대주는 일도 런던이나 뉴욕보다 훨씬 힘들었을 텐데 말이야."

첫 판잣집이 불탄 후에도 두 차례 더 불이 나서 대신 세운 판잣집 두 채도 전소되지는 않았지만 심하게 파손되었다. 우리는 라우리 본인의 부정확하고 혼란스러운 설명을 통해 나중에 일어난 화재에 대해 알 수 있다.

앞뒤가 맞지 않는 정보도 상당히 많다. 가령 1944년에 없어진 그 원고를 어떻게 9년 동안이나 썼을까? 실제로 지옥편을 쓰기 전에 천국편을 쓰기 시작했나? 그리고 왜 마저리는 사본을 챙길 생각을 하지 못했을까? 그가 원고를 어떻게 다루는지 경험으로 잘 알고 있었을 텐데? 그러니 정말 그 원고가 존재했는지 의심스러워지는 것이다.

우리에게는 그 텍스트 대신 브리티시컬럼비아 대학교가 유물처럼 보존하고 있는 남은 파편 몇 개만, 다시 말해 해적의 보물 지도처럼 가장자리가 탄 작은 종잇조각들만 있다.

내가 웹페이지에서 본 그 종잇조각에 쓰인 마지막 줄은 이러했다.

이제 그에게는 시간이 있었다, 더 많은 시간이….

그러나 그 화재 이후 라우리에게는 1000페이지가 넘는 소설을 다시 쓸 에너지만이 아니라 시간도 부족했다. 그리고 우리는 그러고 싶지 않았던 그의 심정을 십분 이해할 수 있다. 갈수록 악화되던 그의 상황과 《화산 아래에서》가 성공을 거두는 바람에 다시 여행을 떠나게 된 사정을 감안하면 말이다. 그러니까 《화산 아래에서》의 성공은 그가 그럭저럭 글을 쓰는 데 많은 시간을 할애하며 안정을 찾았던 달러튼을 떠나게 만들었으니 오히려 역효과를 낸 셈이다. 비록 브리티시 컬럼비아에 정착해 거기서 아내의 보살핌과 격려와 지지를 받긴 했어도 돈이 거의 없다시피 해 아버지가 보내주는 적은 용돈에 의지하긴 했지만.

산드로 베로네시는 여러 해 전 자신이 〈누오비 아르고멘티Nuovi Argomenti〉의 편집장으로 있을 때 라우리 특집호를 발행한 적이 있다는 이야기를 해주었다. 많은 서신과 회상기를 실었는데, 그중에는 라우리의 의사가 보낸 것도 있었다고. 그 의사는 병을 앓는, 아니, 장애에 시달리는 사람의 특징을 과학자의 초연함으로 묘사했다. 라우리는 손이 떨려서 자신의 구술을 받아쓰게 하는 방식으로 글을 썼으며, 선 채로 손등을 피가 날 때까지 테이블에 강박적으로 문지르곤 했다. 창작(여기서는 '창작'이라는 용어를 쓰는 것이 적절한 것 같다)을 하는 모든 행위가 그에게 육체적·정신적 고통을 수반했던 것이다.

그렇게 병들고 고통 받는 상태를 목격하는 것은 누구라도, 설령 그의 의사라 할지라도 괴로운 일이었다. 게다가 천재였던, 확실히 천재였던 남자의 고통이었으니 말이다.

이 책을 거의 끝낼 무렵, 나는 평소처럼 나의 잃어버린 책들(나는 그 책들을 이렇게 불렀다. 마치 그 책들이 나의 잃어버린 소년들이고 내가 그들의 피터 팬인 양)에 대한 결정적인 실마리를 찾으려고 인터넷을 뒤지다가 정말 놀라운 소식을 발견했다. 오타와 대학 출판사에서 다가오는 가을에 《바닥짐만 싣고 백해로》를 출간한다고 발표했던 것이다.

나는 미친 듯이 온라인을 뒤지기 시작했다. 그럴 만도 한 것이 나의 잃어버린 책 중 하나가 발견되었으니 말이다! 그리고 바로 그 편집자가 세계를 돌면서 그에 대해 강연을 하고 있다는 사실도 알아냈다. 그 강연 중 하나가 노르웨이에서 열릴 예정이었는데, 주제가 그 소설의 북유럽적 요소였다.

나는 내 책에서 이 장을 빼야 하나 말아야 하나 자문했다. 그 소식이 기쁘기도 하고 한편으로는 당혹스럽기도 했다.

그러나 사실 캐나다에서 출판한 것은 얀 가브리얼이 미국의 한 대학에 기증한 원고들 속에서 다시 발견된《바닥짐만 싣고 백해로》의 초고이다. 그 부부가 멕시코로 출발하기 전 가브리얼의 어머니에게 남겨둔, 1936년쯤에 쓴 초고였다.

내가 그 소식과 관련된 링크를 보내자, 에도아르도 네시는 그것은 우리의 책이 아니라는 답변을 보내왔다.

확실히 아니다. 예를 들면 라우리가 1947년에 출간한《화산 아래에서》도 상당히 다른 초고가 존재한다. 문제의 텍스트는 라우리가 남긴 수많은 미완성 원고들 가운데 하나이다. 일부러 그랬는지 별 생각 없이 그랬는지는 몰라도. 그런데 바로 궁금해진다. 라우리는 왜 그 초고를 까맣게 잊어버리고 화재가 일어난 뒤 찾으러 갈 생각을 하지 못했을까? 그러나 이것은 나의 이 여행에서 한때 잃어버린 책이 다시 등장한 최초이자 유일한 사례이다. 그것은 까맣게 탄 종이 몇 조각보다 더 중요한 증거이다. 그 책이 실제로 존재했다는, 1000페이지가 넘는 그다음 버전이 실제로 캐나다의 그 판잣집 안에 존재했을 수도 있다는, 아니, 존재했을 거라는 증거 말이다.

또한 그 초고는 나로 하여금 이 세상 어느 누구도, 아무리 건강 상태가 좋아도, 같은 소설을 세 번씩이나 쓸 수는 없을 거라는 생각을 하게 만든다.

1940년 카탈루냐:

무거운 검정 여행 가방

발터 벤야민의 삶은 1940년 9월 24일 프랑스와 스페인 국경에 있는 작은 마을 포르부porbou에서 끝났다. 그렇게 하기로 결정한 사람은 벤야민 자신이었다.

20세기 가장 위대한 지식인 가운데 한 사람이자 유럽의 주요 수도 두 곳과 인연이 있는 사람이 그렇게 보잘것 없는 외진 곳에서 그러한 결정을 내려야 하는, 아니 자신의 운명을 감내해야 하는 상황에 처했다니 확실히 이상하다.

그가 20세기의 가장 위대한 지식인 가운데 한 사람이었다는 내 말은 분명 과장이 아니지만, 그를 한 마디로 정의해주는 '유럽인'이라는 수식어를 하나 덧붙이고 싶다. 유럽이 그저 지리적 용어에 불과했던 시대에 자신을 유럽인이라고 생각한 사람이 있었다면, 그것은 분명 벤야민이니까. 그는 이 나라에서 저 나라로 옮겨다녀야 했는데, 여러 사건과 유대인이라는 이유로 박해를 받았기 때문이기도 했지만 다양한 관심사와 지칠 줄 모르는 호기심 탓도 컸다.

1892년 독일의 샤를로텐베르크Charlottenberg에서 태어난 벤야민은 뉘른베르크 법(1935년 나치의 유대인 박해를 합법화한 법률—옮긴이)이 실시된 후 프랑스로 이주해야 했는데, 그곳의 수도 파리는 그에게 제2의 고향, 그리고 지적 열정의 장이 되었다. 주요 저서 중 하나인 미완성작 《아케이드 프로젝트The Arcades Project》에서 19세기 파리를 전적으로 다룰 정도였으니 말이다.

내가 보기에 벤야민은 지극히 예외적인 인물이다. 백과사전적 박식함과 자료와 아이디어를 모으는 진지한 열정을 흔히 아류亞流(새로운 여정을 만들기보다는 기존의 여정을 끝내는 것이 과업인)에게 더 잘 어울리는 세련됨과 결합할 수 있는 인물, 또 혁신 능력·새로운 시각으로 세상을 읽는 능력을 다가올 중대한 획기적 변화의 첫 징후와 요소를 포착하는 능력과 결합할 수 있는 인물이 벤야민 말고 또 누가 있겠는가. 혁명을 하려는 이들은 스타일에는 관심이 별로 없다. 오히려 단절·파괴·재再고안re-invention에 관심을 가지며, 언어적 집착에 얽매이지 않는다.

그런데 벤야민은 지극히 세련된 혁명가였다.

이를테면 그는 기계를 통해 예술작품을 다수 복제할 수 있는 가능성을 최초로 이해했던 사람이다. 그러면 예술작품이 보존되고 전시된 장소에 가지 않아도 그 예술작품을 감상할 수 있게 되는데, 이것은 결과적으로 예술작품에서 그것의 아우라aura를 없애버린다. 세계와 관련해 예술가의 우월성을 보여주는 거리, 특이성, 그리고 경이로움의 조합 말이다.

이렇게 창의적이고 세련된 지식인이, 유럽의 수도들과 깊은 인연을 맺은 사람이 스페인과 프랑스 국경의 그 작은 마을에서 무엇을 하고 있었을까? 그리고 그가 나의 여정에 한 자리를 차지하게 된 것은 무엇 때문일까? 그의 어떤 책이 사라진 것인가? 내가 이곳까지, 피레네 산맥에서 카탈루냐로 내려가는 비탈까지 그를 따라온 것은 그가 결코 몸에서 떼어놓지 않으려 했던 무거운 검정 여행 가방에 들어 있던 타이핑된 원고에 무슨 일이 일어났는지 알아내기 위해서임을 이제는 여러분도 충분히 짐작할 테니 말이다.

그 몇 개월 전으로 가보자. 벤야민은 1933년부터 여동생 도라와 함께 파리에서 살고 있었다. 한동안 프랑스와 독일 사이의 전선에 아무런 움직임도 없었는데, 1940년 5월 독일군이 갑자기 중립국인 벨기에와 네덜란드를 침공했다. 순식간에 벌어진 일이라 거의 저항조차 없었다. 그런 식으로 공격해올 줄 예상하지 못한 탓이었다. 독일군은 1940년 6월 14일 파리에 입성한다. 그 전날—바로 전날—에 벤야민은 사랑하지만 급속히 자신의 함정으로 변하고 있는 그 도시를 떠나기로 마음먹었다.

떠나기 전 그는 조르주 바타유Georges Bataille—벤야민 못지않게 혁신적이고 탐구적인 작가이자 지식인인—에게 파리에 관한 위대한 미완성작 《아케이드 프로젝트》의 복사본을 맡겼다. 아니, 최초의 복사본ur-photocopy이라고 해야 하리라. 그것은 문서를 사진처럼 복제하려는 최초의 시도의 결과였으니까. 여기서 이 복사본의 존재는 중요하다. 앞에서 언급한 검은 여행 가방에 이 작품의 원본이 들어 있었다 해도, 바타유에게 사본이 남아 있는 한 그 가방을 향한 벤야민의 불안한 애착이 해명되지 않기 때문이다.

파리를 떠날 때 벤야민에게는 계획이 있었다. 마르세유로 가서 친구들인 테오도르 아도르노Theodor Adorno와 막스 호르크하이머Max Horkheimer가 얻어낸 미국 이주 허가증을 손에 넣은 다음, 포르투갈로 가서 배를 타고 미국으로 건너간다는 계획이었다.

벤야민은 노인이 아니었다. 그 시대에는 나이의 무게가 오늘날보다 크긴 했지만, 그는 마흔여덟 살에 불과했다. 그러나 그는 지친데다 건강이 좋지 않았다(친구들은 그를 '올드 벤지Old Benj'라고 불렀다). 천식을 앓았고, 이미 심장마비도 한 차례 겪었으며, 책을 읽거나 현학적인 대화에 익숙했지 몸을 많이 움직이는 일에는 늘 젬병이었다. 몇 년 동안 주소가 스물여덟 번이나 바뀔 정도로 세파에 시달렸는데도, 그에게는 움직이는 것이, 몸으로 뭔가 하는 것이 전부 충격적인 경험이었다. 게다가 그는 인생의 평범한 일들, 평범한 일상에 필요한 일들을 처리하는

데도 서툴렀다.

한나 아렌트Hannah Arendt는 자크 리비에르Jacques Rivière가 프루스트에 대해 했던 말을 벤야민에게 했다.

> 그는 자신의 작품을 쓰게 해준 동일한 미숙함으로 죽었다. 세상을 알지 못해서 죽었다. 불을 어떻게 피우는지 창문을 어떻게 여는지 알지 못해서.

그리고 여기에 그녀 자신의 말을 덧붙이기 전에 이렇게 말한다.

> 그의 서투름은 몽유병자를 연상시키는 정밀함으로 그를 한결같이 불행의 한가운데로 이끌었다.

일상사에 서툴러 보이는 이런 남자가 전쟁이 한창일 때 걷잡을 수 없는 혼란 가운데 무너지기 직전인 나라에서 움직여야만 할 상황에 처했던 것이다.

벤야민은 몹시 힘든 단계를 거치고서야 오랜 지체 끝에 8월 말 기적적으로 마르세유에 도착할 수 있었다. 수

천 명의 난민 그리고 자신을 뒤쫓는 운명으로부터 필사적으로 도망치려는 사람들의 교차로가 되어버린 그 도시에. 살아남기 위해, 도시를 떠나기 위해 필요한 서류가 한두 가지가 아니었다. 먼저 프랑스 거주 허가증이 필요했고, 그다음에는 프랑스 출국 허가증, 그다음에는 스페인과 포르투갈을 통과할 수 있는 통행증, 그리고 마지막으로 미국 입국 허가증이 필요했다. 벤야민은 압도당하는 기분이었다.

게다가 아렌트가 불운에 대해 했던 말로 돌아가보면, 벤야민은 늘 불운이 자신을 뒤쫓는다고 확신했다. 독일 민담에 나오는 불운의 전령인 '작은 꼽추', 자신의 희생자들을 망치고 실패하게 만드는 징크스 같은 불운이. 이미 그는 그런 불운을 많이 겪었다. 저서《독일 비애극의 기원The Origin of German Tragic Drama》(아무도 이해하지 못한 작품)으로 교수가 되는 사다리의 첫 번째 단에 발을 내딛고자 한 시도가 실패한 것에서부터 파리가 폭격당할까봐 외곽에 있는 작은 마을로 피했더니 하필이면 그곳이 최초로 폭격을 맞은 마을들 중 하나가 되어버린 사실에 이르기까지. 그 마을이 겉으로는 보잘것없어 보이지만 중요한 철도망의 중심에 있어 표적이 되기 쉽다는 것을 벤야민은 몰랐던 것이다.

벤야민은 마르세유에서 몇 가지 일을 겨우 처리했다. 자신의 친구들인 호르크하이머와 아도르노에게 건네주라며 《역사 철학 테제Theses on the Philosophy of History》를 타이핑한 원고를 아렌트에게 주었고(그러니 이 작품 역시 그 검정 여행 가방에 들어 있었을 리 없다), 미국행 비자도 받았다. 하지만 매우 중요한 서류 하나가 없었다. 프랑스 출국 비자였다. 그것은 독일에서 온 난민임을 밝히지 않고는 당국에 신청할 수 없는 서류였는데, 그렇게 하면 게슈타포에게 알려지는 것은 시간문제였다.

그가 선택할 수 있는 것은 한 가지뿐이었다. 리스터 루트Lister route를 통해 스페인으로 건너가는 것. 반대 방향이긴 하지만, 스페인 내전이 끝났을 때 자신의 여단 일부를 안전한 곳으로 이끌기 위해 그 경로를 이용한 스페인 공화국 군대 지휘관의 이름을 딴 루트였다.

마르세유에서 우연히 만난 그의 오랜 친구, 한스 피트코Hans Fittko가 이 경로를 제안했다. 당시 피트코의 아내인 리사가 스페인 국경 근처 포르 방드르Port Vendres에서 동일한 상황에 처해 스페인으로 건너가야 하는 사람들을 돕고 있었다. 그리하여 벤야민은 헤니 구를란트Henny Gurland라는 사진작가 그리고 열여섯 살 난 그녀의 아들 요제프와 함께 출발했다. 어쩌다 뭉친, 전혀 준비되지 않은 그룹이었다.

그들은 9월 24일에 포르 방드르에 도착했다. 그리고 같은 날 리사 피트코의 안내를 받으며 그 루트의 첫 구간을 답사했다.

답사를 마치고 돌아가야 했을 때, 벤야민은 다른 이들과 함께 가지 않기로 했다. 거기서 다음날 아침까지 기다렸다가 그들을 다시 만나 길을 떠나기로 한 것이다. 몹시 지친 상태였으므로, 그렇게 하면 돌아갔다가 다시 오는 추가적 노력을 아낄 수 있었다. **그곳**은 작은 소나무 숲이었다. 몸도 마음도 지쳐버린 벤야민은 그곳에 홀로 남았는데, 그가 그 밤을 어찌 보냈을지 상상하기 힘들다. 불안에 시달렸을까, 아니면 쌀쌀한 독일의 가을과는 너무나 다른, 별이 총총한 지중해 지방의 하늘 아래에서 밤의 고요에 마음이 진정되었을까.

그는 다음날 아침 동이 트자마자 여행 동료들과 합류

했다. 길은 훨씬 가팔라졌으며, 바위와 협곡 사이로 따라가는 것이 때로는 거의 불가능했다. 시간이 흐를수록 벤야민은 점점 더 지쳤고, 에너지를 최대로 활용하기 위해 10분 걷고 1분 쉰다는 전략을 택했다. 그는 자신의 회중시계로 이 간격을 정확히 쟀다. 길이 점점 가팔라지자 두 여성과 소년이 부득이하게 그를 도와야 했다. 그가 자신보다 그 안에 든 원고가 미국에 도착하는 것이 더 중요하다며 검은 여행 가방을 버리기를 거부했지만, 힘이 부쳐 직접 들고 갈 수가 없었던 것이다.

엄청난 육체적 노력이 요구되었고 포기하고 싶은 순간도 많았지만, 결국 그들은 햇살에 반짝이는 바다가 내려다보이는 산등성이에 도착했다. 거기서 그다지 멀지 않은 곳에 포르부라는 마을이 있었다. 그 모든 역경에도 불구하고 그들이 해낸 것이다.

리사 피트코는 벤야민과 구를란트와 그녀의 아들에게 작별 인사를 하고 돌아갔다. 그들 셋은 마을을 향해 계속 걸어 경찰서에 도착했다. 그들 이전에 그 길을 갔던 다른 모든 사람에게 그랬듯 스페인 관리들이 그들에게도 이동허가증을 내줄 거라고 확신하며. 그러나 바로 전날 규정이 바뀌었다. '불법적으로' 그곳에 온 사람은 프랑스로 다시 돌려보내기로. 벤야민에게 그것은 독일인들에게 넘겨진다는 뜻이었다. 그들이 얻어낸 유일한 양해는 그들이 지쳐 있고 시간이 늦었음을 감안해 포르부에서 하룻밤을 묵어도 된다는 것이었다. 그들은 프랑카 호텔에 묵을 수 있었다. 벤야민에게는 3호실이 주어졌다. 다음날이면 그는 추방될 터였다.

벤야민에게 다음날은 오지 않았다. 그는 심장에 다시 문제가 생길 경우에 대비해 갖고 다니던 서른한 알의 모르핀 정제를 삼키고 자살했던 것이다.

그날 밤 그는 자신을 항상 쫓아다니는 것 같던 꼽추를, 이제 그를 최후의 운명의 손아귀에 가져다 맡기려고 도착한 그 꼽추를 생각했을지도 모른다. 하루만 일찍 도착했다면, 그들이 포르투갈까지 가는 데 아무도 반대를 제기하지 않았을 것이다. 또 하루만 늦게 도착했다면 규정이 바뀐 것을 알고 대안을 찾을 수 있었을 것이며, 제 발로 스페인 경찰서로 걸어 들어가는 일은 결코 없었을 것이다. 다시 말해, 그들은 단 하루 차이로 가능한 모든 결과 중 최악의 결과에 봉착하게 된 것이다. 그리고 그것은 그들 자신이 선택한 결과였다. 불운이 승리를 거두었고, 발터 벤야민은 패배를 인정했다.

오랫동안 이것 이상은 알려진 것이 없었다. 마치 벤야민이 시도한 도주의 흔적이 모두 사라진 것 같았다. 1970년대에 이르러 마침내 벤야민 작품의 중요성이 인정받게 되자, 그의 저작에 지대한 관심을 가진 사람들이 리사 피트코의 회고록에 자극받아 포르부로 향했다. 그녀가 그 회고록에서 자신이 벤야민을 그곳으로 데려갔다고 밝힌 것이다. 그러나 그들은 아무것도 발견하지 못했다. 검은 여행 가방도, 묘비도. 벤야민은 흔적 없이 사라진 것처럼 보였다.

오늘날에도 인터넷에 올라 있는 엄청난 양의 정보들 중에는 사실이 아닌 것도 뒤섞여 있다. 그리고 그 사건에 대해서만 반복해서 말하는 사람들이 있다. 그 사람들은 그 여행 가방과 그 안의 내용물에 대해서는 아무것도 알 수 없다고 주장한다.

다행히 나에게는 인터넷 말고 친구들도 있다. 그중 한 사람이 몇 년 전 벤야민에 관한 훌륭한 소설《역사의 천사The Angel of History》를 쓴 브루노 아르파이아Bruno Arpaia 이다. 실제로 무슨 일이 일어났는지 말해준 사람도 그 친구이다. 오랫동안 아무도 포르부에서 벤야민의 흔적을 발견하지 못한 것이 사실이지만, 나중에 그 미스터리가 풀렸기 때문이다. 스페인 당국은 벤야민이 이름이고(발음이 다르긴 해도 스페인에서는 벤야민이 이름으로 쓰이기 때문에 충분히 일어날 수 있는 실수이다) 발터가 성이라고 여겼던 것이다. 그래서 피게레스Figueres에 있는 공공 기록보관소에 그에 관한 기록을 등록할 때 그와 관련된 모든 문서를 W 항목에 보관했다.

그가 가톨릭 묘지에 묻혔다가 나중에 공동묘지로 이장되었다는 사실도 밝혀졌다. 그가 갖고 있던 소지품들이 모두 정확하고 완벽해 보이는 물품 목록 장부에 기록되어 있다는 사실도. 가죽 여행 가방(색상은 명시되지 않았다), 금시계, 마르세유의 미국 당국이 발행한 여권, 여권 사진 6장, 안경, 잡지 또는 간행물 몇 권, 편지 몇 통, 약간의 문서, 약간의 돈. 원고 혹은 타이핑된 원고에 대한 언급은 전혀 없다. 하지만 '문서'가 마음에 걸린다. 무슨 문서였을까?

벤야민이 그 문서를 갖고 다닌 것은 자신에게 너무나 소중해서였을까? 바타유에게 준 《아케이드 프로젝트》나 한나 아렌트에게 맡긴 《역사철학 테제》가 아니라면 어떤 텍스트일까?

이 질문에는 브루노 아르파이아도 답하지 못한다. 아르파이아는 소설가의 특권으로 자신의 소설에서 벤야민으로 하여금 원고를 안전한 곳으로 가져가라며 스페인의 젊은 파르티잔에게 건네게 한다. 그리고 산속에서 극도의 추위에 시달리며 밤을 보내던 누군가가 자신의 목숨을 구하려는 절박한 마음에 그 원고로 불을 피운다.

앞에서 이미 말했듯, 불은 우리의 잃어버린 책들과 관련해 반복적으로 등장하는 모티프이다. 잘 아는 것처럼 종이는 쉽게 탄다. 그러나 사실 프랑스와 스페인 국경 바로 너머에 있는 작은 마을의 호텔방에서 불을 피웠을 것 같지는 않다.

그 여행 가방 안에 원고가 정말 들어 있었는지 의심하는 사람들도 있다. 하지만 그 가방에 개인 소지품 몇 가지만 들어 있었다면, 벤야민은 뭐 하러 고난을 함께하는 동료들에게 거짓말을 하면서까지 힘들게 가방을 끌고 다녔을까? 틀림없이 정말 중요한 뭔가가 가방 속에 들어 있었을 것이다. 어쩌면 《아케이드 프로젝트》에 관한 글을 계속 쓰기 위한 메모였을 수도 있고, 보들레르에 관한 저작의 개정판이었을 수도 있다. 아니면 아예 다른 작품이 들어 있었을지도 모른다. 완전히 사라져버린, 우리는 그 존재조차 모르는 작품이.

이것에 대해 브루노 아르파이아는 아는 바가 없었지만, 우리의 대화가 끝나갈 무렵 또 다른 이야기를 들려주었다. 사실 포르부는 잃어버린 문서들과 관련된 많은 에피소드들의 무대였다는 이야기를.

벤야민이 포르부에 도착하기 1년 전쯤, 독일과 이탈리아의 공습을 피해 벤야민과 반대 방향으로 달아나던 50만 명가량의 사람들 중에 안토니오 마차도Antonio Machado라는 사람이 있었다. 그 당시 마차도는 벤야민과 달리 정말 나이가 많은 위대한 스페인 시인이었다. 마차도도 여행 가방을 갖고 있었는데, 프랑스로 망명하기 위해 많은 시가 담긴 그 가방을 콜리우르Collioure에서 버려야 했다. 그리고 그는 며칠 뒤 그곳에서 사망한다.

프랑코 정권의 적이 었기에 당시로서는 매우 위험했던

그 시들은 과연 어디에 있을까? 벤야민이 그토록 소중히 간수했던 그 원고들은 어디 있을까? 정말 전부 파기되었을까? 영영 사라졌을까?

누가 알겠는가. 포르부의 어느 집 벽장이나 다락방의 오래된 상자 속에 누렇게 바랜 채 잊혀버린 원고들이 아직도 보관되어 있을지. 그 패배한 늙은 시인의 시들과 너무 빨리 늙어버린 유럽 지식인이 쓴 글들이 함께 보존되어 있을지. 그 벽장이나 상자의 주인도 알지 못하는 채로.

조만간 우연이든 학문적 연구의 일환이든 열정의 결과로든, 누군가 이 문서들을 발견해서 마침내 우리가 읽을 수 있게 되기를 바란다면 지나친 희망일까?

1963년 런던:

나의 천직이라 해도 되겠다

1963년 2월 11일 피츠로이 로드Fitzroy Road 23번지 아파트. 한때 예이츠가 살았던 곳이라 상서롭게 여겨져 부분적으로 임대한 그 아파트에서 실비아 플라스Sylvia Plath는 아주 일찍 일어난다. 그녀는 몸이 좋지 않을 때면 늘 잠을 잘 자지 못했지만, 그것을 활용하는 법을 배워서 아이들이 잠에서 깨어나기 전인 새벽에 시를 썼다. 그녀가 며칠 전에 쓴 마지막 시는 〈가장자리Edge〉라는 시이다. 그러니까 한계, 그녀가 마침내 넘기로 작정한 그것이다. 그녀는 프리다와 니콜라스(딸 프리다는 세 살이 되어가고, 아들 니콜라스는 이제 겨우 한 살이다)의 아침으로 버터

바른 빵 몇 조각과 우유 두 잔을 준비해 아이들의 방으로 가지고 들어가 사이드테이블 위에 놓는다. 그런 다음 밖이 추운데도 창문을 열어놓고 방에서 나가 수건을 말아서 방문 밑의 틈을 밀폐한다. 그리고 부엌으로 돌아가 아이들의 방을 밀폐했던 동일한 방법으로 부엌문도 밀폐한다. 그런 다음 오븐 뚜껑을 열고 천을 깐 뒤 그 위에 머리를 누이고 가스를 켠다.

이것이 실비아 플라스가 자살한 방법이다. 10년 전 처음 자살을 시도했고, 이번이 두 번째이다.

그녀는 서른이 된 지 얼마 되지 않았고 테드 휴즈Ted Hughes의 아내이다. 남편의 불륜으로 별거한 지 몇 달 되었고 아직 유명해지기 전이다. 그녀는 많은 잡지에 시를 발표했고《거상The Colossus》이라는 시집을 냈으며《벨 자The Bell Jar》라는 소설도 익명으로 출간했다. 하지만 이 책들에 대한 비평가들의 평은 미적지근했다.

그녀는 미출간 글을 아주 많이 남겼다. 사적인 기록, 일기, 편지뿐 아니라, 한 권으로 묶이지 않은 많은 시들 그리고 완성된 시집 한 권—《아리엘Ariel》—과 '이중 노출Double Exposure'이라는 가제를 붙인 소설 한 권도 있었다.

별거 중이긴 했지만 휴즈는 여전히 그녀의 남편이고 그녀의 문학적 유산의 법적 상속인이었다. 그리하여 그녀가 남긴 모든 것의 운명을 결정하는 책임이 그에게 맡겨진다.

지금까지 이 책을 읽은 독자 여러분은 내가 가십을 좋아한다는 것을 눈치챘을 것이다. 특히 문학이라는 것 자체가, 언젠가 누가 말했듯이 고차적 형태의 가십이라서 그런지도 모른다. 그러나 이번 경우에는 가능한 한 가십을 즐기고 싶지 않다. 휴즈는 오랫동안 아내의 죽음에 책임이 있다는 비난을 견뎌내야 했다. 마치 그녀의 자살이 그의 행실의 불가피한 귀결이었다는 듯이. 심지어 그가 불륜을 저지른 상대 여성 역시 자살했다는 사실을 지적하는 사람들도 있다. 그것이 그에게 책임이 있다는 결정적 증거라며. 휴즈가 오랫동안 플라스에게 생일 편지로 썼던 시들을 출간했을 때에야 매사가 그렇듯 상황이 다소 복잡했다는 것이 제대로 이해됐을 것이다. 그리고 어쩌면 그 모든 것 뒤에는 까다롭고 우울하고 문제가 있는 여자들이 휴즈에게 끌렸다는 사실이 있을 것이다. 다시 말해 그 여자들은 애초부터 그랬던 것이다. 그가 그 여자들을 그렇게 만든 것이 아니다.

그러나 휴즈가 내린 선택들—생전의 플라스에게 너무도 중요했던—은 좋든 나쁘든 그녀의 사후 성공에 분명 큰 기여를 했으며, 우리가 읽을 수 있는 것이 무엇이고 더 이상 읽을 수 없는 것이 무엇인지를 결정하는 역할을 했다. 그러니까 이제는 우리가 결코 볼 수 없을 것들을 말이다.

이것이 내가 하고자 했던 잃어버린 책의 마지막 이야기이다.

> 나는 또다시 저질렀다.
> 10년마다 한 번씩
> 나는 해치운다….
> (…)
> 나는 겨우 서른 살이다.
> 그리고 고양이처럼 아홉 번 죽는다.
> 이번이 세 번째이다.

〈레이디 라자루스Lady Lazarus〉는 이렇게 시작한다. 안

타깝게도 고양이들에게 주어지는 행운을 누리지 못하고 (고양이는 목숨이 아홉 개라는 속담이 있다) 세 번째 '삶'에서 죽은 실비아 플라스의 최후 시 가운데 한편이다. 첫 번째는 자살 시도가 아니라 열 살 때 당한 사고이다.

사람이 자살로 인생을 마치면, 흔히 그것이 그 사람의 전 생애를 이해하는 출발점이 된다. 그러나 거기에는 살고 생각하고 글을 썼던 실제 그 사람의 얼굴에, 그 풍부한 인간성과 예술성에 일정한 형태의 아이콘을, 2차원적 틀에 눌러 짜넣은 가면을 덮어씌우는 위험이 따른다.

플라스가 줄곧 죽음과 희롱한 것은 분명 사실이다. 그리고 그런 희롱이 그녀의 일기에 분명히 드러나 있는 일종의 연약함에서 비롯되었을 뿐 아니라, 조각처럼 단단한 그녀의 시에서 볼 수 있는 저항, 힘, 투쟁 능력, 그리고 통제된 격렬함에서도 나왔다는 사실 또한 의심의 여지가 없다.

우리는《벨 자》에서 그녀가 겪은 많은 일들을, 우울증에서 자살 시도, 전기충격 요법 '치료'로 이어지는, 주인공을 통해 여과된 그 고통스러운 궤적을 엿볼 수 있다. 또한 그녀의 삶과 시의 중심에 있는 고통과 죄책감 사이의 불가분의 관계도 파악할 수 있다. 마치 그것이 시인이 되는 수단, 글을 씀으로써 고통이 진실에 도달하게 하는 수단일 뿐만 아니라, 고통 받는 이의 책임이라도 되는 양. 그녀는 평생 높은 곳에 걸쳐진 좁고 위태로운 길을 걸었다. 〈레이디 라자루스〉를 다시 보자.

죽는 것은
다른 모든 것처럼
하나의 기술이다.
나는 그것을 유난히 잘한다.
지옥처럼 느껴지게.
진짜처럼 느껴지게.
나의 천직이라 해도 되겠다.

그러나 그녀의 진짜 천직은 글을 쓰는 것이었다. 그러니 그녀가 죽은 후 그녀에게 일어난 일을 이해하기 위해서는 그 부분에 주목해야 한다.

하지만 그 전에 휴즈와 그녀의 관계를 다시 살펴보자. 그들은 깊이 사랑하는 연인이었지만 문학적 동지이기도 했다. 휴즈는 플라스의 격려에 힘입어 뼛속까지 시인이 되었고, 시인이 되는 것이 그의 삶의 의미가 될 수 있었다. 또한 플라스는 휴즈의 지지 덕분에 자신의 문학관의 토대가 되는 고통스러운 창조의 투쟁을 직시할 수 있었다. 그녀는 어머니에게 보낸 편지에 "나는 창조성을 확인하는 기쁨과 더불어 '불행할 권리'를 주장할 힘을 얻기 위해 싸우고 있어요"라고 썼다. 마치 그 두 가지를 떼놓을 수 없다는 듯이, 전자는 사실상 후자에서만 나올 수 있다는 듯이. 그것이 플라스가 한동안 품고 다니던 불행이었다. 열 살 때 아버지가 그녀를 남겨놓고 떠나버린 뒤로. 그것은 피할 수도 있었던 때 이른 죽음이었다. 암이라고 생각해 의료적 치료를 거절했으나 실은 치료 가능한 당뇨병이었으니까. 또한 불행은 성격이 맞지 않았던 그녀와 어머니의 힘든 관계, 그리고 사랑받고자 했던 그녀의 절박한 욕구에서 비롯된 것이기도 했다.

1956년 그녀가 어머니에게 쓴 또 다른 편지에서 휴즈가 그녀에게 어떤 의미였는지를 짐작해볼 수 있다.

이제 가장 기적 같고 벼락같고 무서운 이야기를 할 테

니, 생각해보시고 조금 공유해주셨으면 해요. 다름 아니라 그 남자, 그 시인, 테드 휴즈에 대한 이야기예요. 이런 경험은 처음이에요. 살아오면서 처음으로 내 모든 지식과 웃음과 힘과 글을, 모든 것을 최대한으로 쓸 수 있게 되었어요. 엄마도 그를 보고 그의 말을 들어봐야 해요.

휴즈로서는 이러한 기대에, 이런 역할에, 이런 사랑에 부응하기가 분명 힘들었을 것이다. 또한 휴즈는 개인적 삶과 예술가로서의 삶 모두를 이렇게 드높고 강렬하게 생각하는 것을 결코 받아들이고 싶지 않았을 것이다.

강렬함은 그들의 격렬했던 첫 만남에서부터 뚜렷이 드러났다. 휴즈가 그녀의 머리에 감싸인 스카프를 잡아채고 목에 키스하자, 그녀는 그의 뺨을 깨무는 것으로 반응했다. 휴즈 본인이 그 만남을 설명한 시 〈세인트 보톨프스St Botolph's〉가 그것이 문학적 신화가 아님을 증명한다.

그날 저녁 이후의 일은
거의 기억나지 않아.
여자 친구와 슬며시 빠져나왔지.

문간에서 그녀가 낮은 어조로 분통을 터뜨린 것과
내가 얼이 빠져서
주머니 속에 든 당신의 파란 스카프를 심문한 것과
내 얼굴에 찍힌 부풀어오른 둥근 해자 모양의 이빨 자국 말고는.
그 후 한 달 동안 내 얼굴에 낙인처럼 찍혀 있던.
그 얼굴 밑의 나에게는 영원히 찍혀 있게 된.

그리고 어느 순간 이 전적인 관계가 지닌 위험으로부터 달아났던 '그 남자, 테드 휴즈'는 플라스가 남긴 문서들, 그가 벗어나고자 했던 동일한 격렬함이 배어 있는 글들을 처리할 임무를 맡게 되었다.

그들의 중단된 사랑(수십 년 뒤 휴즈가 그녀를 위해 쓴 시에서 보게 되듯 결코 끝이 없는, 끝이 나지 않는 사랑)뿐 아니라, 자신의 상황, 자신의 감정, 자신의 분노를 기술한 그녀의 마지막 몇 달간의 기록을 포함한 일기가 있었다. 오래전에 죽은 아버지를 매섭게 비난하는 시들도 있었다. 거기서 그녀의 아버지는 남성, 심지어 나치의 폭력을 상징하는 인물로(그는 독일계였다), 부모와 남편의 불가분의 결합으로 변형되었다. 또《벨 자》처럼 반半자전적인 소설, 최근의 경험, 즉 휴즈와 함께했던 나날과 휴즈가 두 사람 모두의 친구였던 아시아 위빌Assia Wevill과 함께 그녀를 배신한 일을 소재로 해서 쓴 상당 분량의 미완성 소설의 초고도 있었다. 플라스는 어느 편지에서 이 소설이 "남편이 배신자이자 바람둥이라는 사실을 알게 된 여자에 대한 반자전적인" 시나리오에 기초하고 있다고 말했다.

이 모든 글들을 어떻게 해야 했을까?

휴즈는 결정을 내렸고, 그 급진적인 결정이 플라스 작품의 미래를 결정하게 되었다.

그 결정들 가운데 첫 번째가 그녀의 마지막 몇 달간의 삶을 기록한 일기를 없애는 것이었다. 그가 나중에 설명한 바에 따르면, 그들의 아이들이 읽게 되는 일이 없기를 원해서 내린 결정이었다. 그는 그 일기 내용이 아이들에게 너무나 큰 고통을 줄 거라고 확신했던 것이다(불행한 일이지만 이 조치도 몇 년 후 그들의 아들이 스스로 목숨을 끊는 일을 막지는 못했다). 나는 저자가 출판할 의도로 쓴 작품이 저자 외의 다른 사람들에게 지대한 영향을 줄 수 있을 때 그 작품을 파괴하는 결정에 대한 나의 입장을 이미 분명히 밝혔다. 그러나 상속인이 그 작품을 없애는 것은 잘못된 결정일지 모르지만 권리남용에 해당하지는 않는다. 플라스의 다른 일기들은 그녀가 쓴 많은 편지들과 함께 점차 출판될 수 있었다.

그러던 중 휴즈가 위대한 시인으로서 그녀의 명성을 확고히 해준 시집《아리엘》을 출판했다. 플라스가 선정해 둔 시들을 조금 조정해서였다. 그 후로 휴즈는 다른 시와 산문들을 계속 출판했는데, 이미 잡지에 발표된 것도 있었지만 처음 선보이는 작품도 상당히 많았다.

그런데 그 미완성 소설은 어떻게 되었나?《이중 노출》말이다.

우리가 알 수 있는 것은 그 소설에 대해 휴즈가 한 말뿐이다. 플라스가 쓴 단편과 잡다한 산문들을 모은《조니 패닉과 꿈의 성경Johnny Panic and the Bible of Dreams》에 붙인 서문에서 그가 한 말에 따르면, 그 소설의 텍스트 가운데 "130쪽가량이 1970년경 어디선가 사라졌다." 자세히 살펴보면 확실히 이상한 주장이다. '사라졌다'니, 그게 무슨 뜻일까? 플라스의 작품을 보존하고 편집하는 데 들인 그의 관심과 헌신을 생각해보면, 소설 130쪽이 흔적도 없이 사라졌는데 그가 몰랐다는 것은 있을 수 없는 일이다.

실은 그가 그것을 없앤 데 대한 비난을 모면하기 위해 그렇게 말한 것이 아닐까? 일기의 경우에는 전혀 거리낌 없이 자신이 없앴다고 책임을 인정했다. 하지만 이 소설의 경우에는 원고가 어떻게 되었는가에 대해 설명이 왔다 갔다 했다. 그 이전에는 원고가 사라진 것을 플라스 어머니의 탓으로 돌렸다. 어머니가 사망해서 책임을 인정하거나 거부할 수 없는 시점이었고, 당시에 언급한 원고는 60~70쪽가량의 타이핑 원고였다. 그런데 《조니 패닉과 꿈의 성경》이 나올 무렵 그 분량이(여전히 사라진 상태인) 두 배로 늘어난 것은 이상해 보인다.

앞뒤 정황으로 보아 테드 휴즈는 사실을 말하지 않은 것 같으며, 말을 아끼며 앞뒤가 맞지 않는 이야기를 한 것을 보면 《이중 노출》이 실제로 어떻게 되었는지 우리가 알기란 불가능할 것 같다.

"시인들에 관한 한, 그들의 말이 최종 결정권을 갖게 해줘야 해요." 내가 생각을 분명히 하려고 나의 친구인 시인 마리아 그라치아 칼란드로네Maria Grazia Calandrone에게 말하자, 그녀는 이렇게 대꾸했다. 너무 많은 딱딱한

막들이 플라스를 감싸고 있다고. 그녀의 삶과 죽음이 결과적으로 하나의 허구적 인물을 만들어냈다고. 그녀의 말에 수많은 다른 사람들의 설명이 덧입혀졌다고. 그녀의 작품을 한 줄도 읽지 않았을 사람들, 하지만 그녀를 잘 알았던 것처럼 말하는 사람들의 설명까지도.

마리아 그라치아가 플라스와 휴즈의 딸 프리다 휴즈 Frieda Hughes가 1997년에 쓴 시의 일부를 읽어주었다.

그들의 어머니들은
녹색 잔디와 자갈로 단장하고
잼 병에 꽃도 꽂힌
네모난 무덤에 조용히 누워 있는데,
그들은 내 어머니의 무덤을 파헤쳤다.

내가 그녀의 관 위에 뿌린 조개껍데기가 있는 곳까지.

그들은 숯불 위의 고기처럼 그녀를 뒤집었다.
말라붙은 그녀의 허벅지와
쪼그라든 유방의 비밀을 찾으려고.

그들은 그녀가 어떻게 보았는지 알려고
그녀의 눈을 파내고,
그녀의 목소리로 말하려고
그녀의 혀를 한 조각 한 조각씩 물어뜯었다.

그러나 각자 다른 살을 맛보고
다른 장기를 먹고
다른 피부를 만졌다.

가장 잘 아는 사람은
자기가 올바른 요리법을
갖고 있다고 우겼다.

그녀가 오븐에서 나왔을 때,
그들은 그녀의 내장을 제거하고, 껍질을 벗기고
고명을 얹었다.

그들은 그녀가 자신들 것이라고 했다.
지금껏 나는 그녀가 대부분 나의 것이라고

생각했는데.

내가 이 장을 쓰면서 아무리 세심하게 마음을 썼다 해도, 나 역시 그 식인종 무리에 가담한 것인지도 모르겠다. 이제 나는 의문에 시달린다. 만약 《이중 노출》이 다시 세상에 나온다면 출판하는 것이 옳을까? 시를 쓸 때, 그리고 다른 텍스트를 쓸 때도 스스로에게 너무나 엄격해서 끝없이 들여다보고 고치면서 정확한 단어와 형식과 리듬을 찾아내려고 애썼던 작가의 미완성 소설을 출판하는 것이 과연 옳은 일일까? 그것을 출판하면 더 많은 가십거리가 생겨나지 않을까? 그녀의 소설과 그녀의 인생의 유사점에 사람들의 관심을 집중시켜 있는 그대로의 플라스의 모습이 드러나지 못하게 하고, 그녀를 또다시 병적인 정밀 조사와 그녀 주변에 구축된 페르소나에 넘겨버리는 일이? 그녀를 또다시 피츠로이 로드에 있는 아파트의 부엌 형광등 아래 놓아두는 일이?

마리아 그라치아는 미소를 짓는다. 그러고는 만약 그 소설이 발견된다면, 우리는 무엇보다 그녀의 말을 되찾게 될 거라고 말한다. 그런 다음 나에게 한 가닥의 희망을 건넨다. 그 수수께끼 같은 인물 휴즈가 조지아 대학교 University of Georgia에 맡겨놓은 문서 가운데 실비아 플라스의 사후 60년이 되는 2022년까지 열어보면 안 되는 문서가 있다고. 그러니 사라진 《이중 노출》의 원고가 거기서 발견될 가능성을 배제할 수 없다고.

나도 미소를 짓는다. 나는 기다려볼 준비가 되어 있다.

인용한 문헌

서문

내가 여기서 말하는 아동소설은 프랜시스 호지슨 버넷Frances Hodgson Burnett의 《비밀의 정원The Secret Garden》과 알도 프랑코 페시나Aldo Franco Pessina의 《La teleferica misteriosa》(Salani, 1937)이다.

프루스트의 인용문은 C. K. 스콧 몬크리에프Scott Moncrieff와 테렌스 킬마르틴Terence Kilmartin이 번역한 《Remembrance of Things Past》(Chatto & Windus, 1982)에서 찾아볼 수 있다.

앤 마이클스 인용문의 출처는 《Fugitive Pieces》(Bloomsbury, 1997)이다.

로마노 빌렌치, 《거리》

빌렌치의 모든 책들은 리촐리Rizzoli 출판사에서 다음의 제목으로 발행한 판본들로 구입할 수 있다: 《Anna e Bruno e altriracconti; Il Conservatorio di Santa Teresa; Gli anni impossibili(La siccità, La miseria, Il gelo); Il bottone di Stalingrado; Amici》.

《Vita di Pisto》는 《Opere complete》, ed. Benedetta Centovalli (Contemporanea, 2009)의 부록으로 출간되었다.

빌렌치의 책 중 두 권은 영어로 접할 수 있다: 《The Conservatory of Santa Teresa》, Charles Klopp and Melinda Nelson 번역(Firenze University Press, 2005): 《The Chill》, Ann Goldstein 번역(Europa Editions, 2009).

조지 고든 바이런 경, 《회고록》

《The Major Works》, ed. Jerome J. McGann(Oxford, 1986).
Franco Buffoni, 《Il servo di Byron》(Fazi, 2012).

어니스트 헤밍웨이, 젊은 시절의 작품들

《A Moveable Feast: The Restored Edition》(Scribner, 2010).

〈미시간 북쪽에서Up in Michigan〉는 단편집 《The Collected Stories》(Everyman, 1995)에 수록되어 있다.

파운드에게 보내는 편지는 《서간집Selected Letters 1917~1961》, ed. Carlos Baker(Scribner, 1981)에 수록되어 있다.

브루노 슐츠, 《메시아》

《계피색 가게들Cinnamon Shops》과 《모래시계 요양원Sanatorium Under the Sign of the Hourglass》에 실린 단편들은 브루노 슐츠 전집인 《The Collected Works of Bruno Schulz》(Jerzy Ficowski, Macmillan 번역, 1998)에도 실려 있다.

David Grossman, 아래 참조: Love(Farrar, Straus and Giroux, 1989).

Ugo Riccarelli, 《Un uomo che forse si chiamava Schulz》(Mondadori, 2012).

Cynthia Ozick, 《The Messiah of Stockholm》(Knopf, 1987).

Simha Guterman, 《Il libro ritrovato》(Einaudi, 1993).

Francesco M. Cataluccio, 《Vado a vedere se di là è meglio》(Sellerio, 2010).

니콜라이 고골, 《죽은 혼》

《Dead Souls》, Richard Pevear and Larissa Volokhonsky 번역(Vintage, 1997).

Marina Tsvetaeva, 《Il poeta e il tempo》, ed. Serena Vitale(Adelphi, 1984)에서 인용.

Leo Tolstoy, 〈Diaries〉 Vol. I: 1847~1894, R. F.Christian 번역(Faber, 2015).

맬컴 라우리, 《바닥짐만 싣고 백해로》

《Psalms and Songs》, ed. Margerie Lowry(Meridian, 1975). 《The Selected Letters of Malcolm Lowry》, eds. Harvey Breit and Margerie Bonner Lowry(Jonathan Cape, 1967).

《In Ballast to the White Sea》(University of Ottawa Press, 2014).

《The Voyage That Never Ends》, ed. Michael Hofmann(NYRB, 2007).

발터 벤야민, 검정 여행 가방의 내용물

벤야민의 많은 유명한 에세이들은 다음 책에서 찾아볼 수 있다. 《Illuminations》, Hannah Arendt 편집, Harry Zohn 번역(Jonathan Cape, 1970).

Bruno Arpaia, 《L'Angelo della storia》(Guanda, 2001).

Lisa Fittko, 《Escape Through the Pyrenees》, David Koblick 번역(Northwestern University Press, 1991).

실비아 플라스, 《이중 노출》

《Letters Home: Correspondence 1950~1963》, ed. Aurelia Schober Plath(Faber, 1982).

《Johnny Panic and the Bible of Dreams》(Faber, 1977)

《Complete Poems》, ed. Ted Hughes(Faber, 1982)

Ted Hughes, 《Birthday Letters》(Faber, 1998)

Frieda Hughes, 《Wooroloo》(Bloodaxe, 1999)

인명 색인

ㄱ

ㄴ

ㄷ

ㄹ

ㅁ

ㅂ

사라진 책들

첫판 1쇄 펴낸날 2019년 1월 23일

지은이 | 조르지오 반 스트라텐
옮긴이 | 노상미
펴낸이 | 박남희

종이 | 화인페이퍼
인쇄·제본 | 한영문화사

펴낸곳 | (주)뮤진트리
출판등록 | 2007년 11월 28일 제2015-000059호
주소 | 서울시 마포구 토정로 135 (상수동) M빌딩
전화 | (02)2676-7117 팩스 | (02)2676-5261
전자우편 | geist6@hanmail.net
홈페이지 | www.mujintree.com

ISBN 979-11-6111-032-5 03800

* 책값은 뒤표지에 있습니다.